古诗词里的长城

韩文昕
杨雪莹
著

中国地图出版社
北京

图书在版编目（CIP）数据

古诗词里的长城 / 韩文昕，杨雪莹著 . -- 北京：中国地图出版社，2023.2（2024.2 重印）

ISBN 978-7-5204-3448-5

Ⅰ . ①古… Ⅱ . ①韩… ②杨… Ⅲ . ①诗词 – 作品集 – 中国 – 古代 Ⅳ . ① I222

中国国家版本馆 CIP 数据核字 (2023) 第 027617 号

古诗词里的长城

GU SHICI LI DE CHANGCHENG

出版发行　中国地图出版社
社　　址　北京市白纸坊西街 3 号
邮政编码　100054
网　　址　www.sinomaps.com
印　　刷　保定市铭泰达印刷有限公司
经　　销　新华书店
成品规格　145mm×210mm
印　　张　11
字　　数　202 千字
版　　次　2023 年 2 月第 1 版
印　　次　2024 年 2 月河北第 2 次印刷
定　　价　58.00 元
书　　号　ISBN 978-7-5204-3448-5
审 图 号　GS 京（2023）0040 号

如有印装质量问题，请与我社发行部（010-83543958）联系

目录

山海关 壹

卢龙塞 贰

古北口

叁

黄花城

肆

居庸关

伍

八达岭

陆

紫荆关

柒

大同城

捌

固关

雁门关

拾

榆林

萧关

拾贰

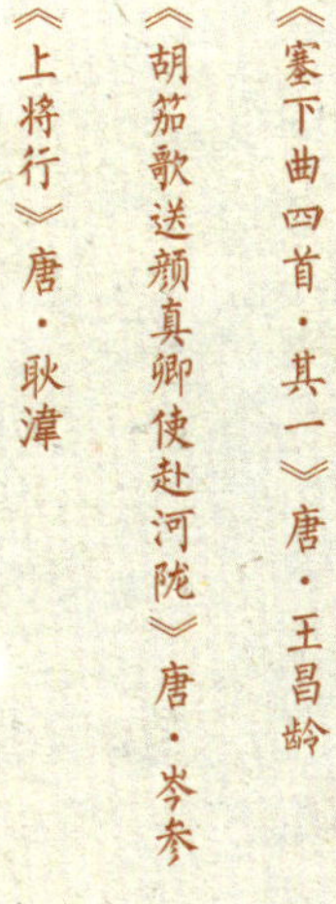

凉州

拾叁

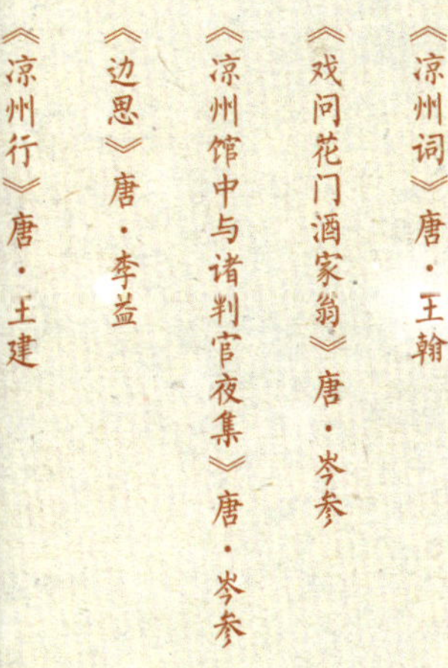

嘉峪关

拾肆

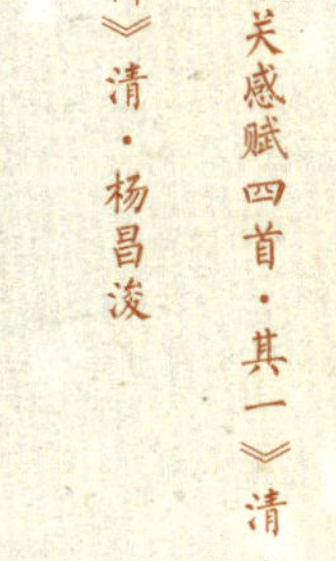

阳关

拾伍

玉门关

拾陆

《古诗词里的长城》序

王兆鹏

当下的我们，日常生活中和外出旅行时，喜欢用镜头记录所见所闻，将美图发到朋友圈与大家分享。

古代的诗人，没有照相机，却用生花妙笔，记录他们的生活场景，铭刻他们的情思感悟，描绘亲历的自然山川，留存在历史时空，与后人对话。

古代诗人之笔，大有胜过当今照相机之处。

照相机的镜头，只能定格瞬间的场景，一句诗词却能跨越千载。苏轼的“大江东去，浪淘尽，千古风流人物”，就把眼前的江景和千年历史上的风流人物连接到一起。南宋姜夔《姑苏怀古》的“行人怅望苏台柳，曾与吴王扫落花”，说行人眼前的这棵古树柳枝，曾给吴王夫差扫过树下的落花，将相隔千年的情景黏合到一个景框之中。

照相机的镜头，拍摄的空间场景是有限的。无论广角镜头多么广，长焦镜头如何长，表现的画面都只能在一定的空间之内。而诗句却可以表现无限广阔的空间。杜甫的“无边落木萧萧下，不尽长江滚滚来”，表现的就是无边无际的时空景象。诗人站在奉节的山头上，遥望远处的长江和山中树色，极目所见之景本来是有限的，而表现出来的长江却是“不尽”，落叶也是“无边”。李白一句“君不见黄河之水天上来，奔流到海不复回”，从黄河源头写到黄河入海处，展现的空间何止千里万里！王维的“江流天地外”、杜甫的“乾坤日夜浮”，一句诗含纳天地宇宙，表现的空间之广，让当今再先进的镜头也望尘莫及。

照相机的镜头，多呈现客观的场景事件，较难呈现主观的情感。面对镜头表现的画面，我们很难直接触摸拍摄者心灵的律动、情感的波澜。而诗词则是主客观的有机融合，情景交融，景中含情，情寓景中。虽然相距千百年，后人仍可以通过诗句感知前人的喜怒哀乐，欣赏他们目之所见的风景，体验他们身之所历的处境。既与古人对话，也与自然交流，与历史相遇。

万里长城，见证了历史的兴亡、民族的兴衰。我们时常会感到遗憾，历史没有留下长城的镜头影像，让我们追怀想象。但我们又无须遗憾，因为，古代无数的诗人，曾经为长城传神写照。我们可以通过前人的诗词，领略汉唐时代长城的神采，追忆宋元时期长城的气韵，领略明清两代长城的风霜。

本书选析的长城诗词，有英雄将领戚继光、袁崇焕守卫长城时的心声，有名相重臣寇准、韩琦、林则徐亲临长城时的沉思，有著名诗人李白、陆游遥望长城的激情高歌，有词人纳兰性德面对长城的低吟浅唱；有将士行人的守望，有才子墨客的追忆。将不同时代、不同地段长城的风物和关隘的景象，在此一一呈现给读者，供诸位吟咏体会，感悟品味。

本书选题由中国地图出版社编辑喻乐女史负责。她知道我主持开发过唐宋文学编年地图平台，约我合作组编一套诗词与地理名胜的丛书。我虽与喻乐女史素昧平生，至今还没谋面，但我的唐宋文学编年地图平台曾得到中国地图出版社的支持。那是2011年，我在策划酝酿唐宋文学编年地图平台，第一站就到中国地图出版社调研项目的可行性。出版社总编徐根才先生热情接待了我，给我提供了许多有用的信息和建议。至今我仍感念于心，于是很爽快地答应了编撰丛书的约请。经协商，先以《古诗词里的长城》为先行军，力图将古典诗词与地理名胜相结合，熔地理环境、历史故事、人文景观、名作赏析于一炉。商定写作思路后，又约请武汉大学毕业的才女韩文昕和杨雪莹担纲写作任务。文昕是我门下的硕士，雪莹跟她同届同专业，都曾与我合作撰写武汉崇文书局出版的“小磨坊丛书”，文心之细腻，文笔之灵动，颇获读者认同。如今，她俩又带领读者一一领略长城十六个关塞边城的风光气象，感受历代诗人的壮志情怀和忧伤哀怨。相信读者会喜欢！

中南民族大学教授　中国词学研究会会长　王兆鹏

二零二二年十一月二十八日于锦城所乐轩

山海关

山海关位于今天河北省秦皇岛市东北15公里处，地处辽西走廊东端，曾是华北地区通往东北地区的咽喉要道，军事战略地位极其关键，历来都是兵家必争之地。

山海关古称榆关、渝关，源于隋开皇三年（583年）所筑的渝关城（在今天河北抚宁东，和后来位于秦皇岛的山海关相比偏西一些）。自唐以来，许多名家的经典诗作里，都不乏榆关的身影，如王昌龄《从军行二首·其一》中凶险异常的“白日暗榆关”，高适《燕歌行》里描述大军飞驰的“摐金伐鼓下榆关”。榆关，也由此成为整个边塞地区的典型代名词。明洪武十四年（1381年），大将军徐达在此筑城建关，设立卫所，始称“山海关”。

关如其名，山海关背负燕山，南望渤海，地处明长城的东端，与西端的嘉峪关遥相呼应。这座“边郡之咽喉，京师之保障”，扼守辽西走廊，护卫华北平原，以丰厚的历史积淀、恢宏的建筑风格和依山傍海的壮丽风景，成为长城巨龙当之无愧的“龙头”，亦成为仁人志士、迁客骚人抒发缭乱边关情的落脚。

《从军行二首·其一》

唐·王昌龄

大将军出战，白日暗榆关。
三面黄金甲，单于破胆还。

大将军：官职名，古代领兵的最高统帅。本诗指汉武帝时期的大将军卫青。

王昌龄此诗所写，乃汉武帝时期著名的漠北之战，大将军卫青力克匈奴单于伊稚斜。由于这一场景大约发生在今蒙古南部一带，因此诗里的“榆关”，并非位于今河北省秦皇岛市实际的榆关（山海关），而是借用典型地名来泛指广阔的边境。

元狩四年（公元前119年），汉武帝凭借在国内实行的币制改革、盐铁专卖等政策，筹集了大量的物力财力，主动进攻，远征漠北，与伊稚斜单于率领的匈奴部队进行战略大决战。汉武帝调配了充足的兵力和粮草，并集中国内最精良的军事将领，包括大将军卫青、骠骑将军霍去病、飞将军李广、公孙敖、赵食其、曹襄等名将，率十万大军出征。这是西汉王朝乃至中国历史上一场规模庞大、距离遥远、投入众多的战役，也是汉武帝向匈奴战略进攻的顶点。

大军兵分两路，分别由卫青和霍去病率领。按俘虏口中情报，霍去病率五万精兵从东部代郡（即雁门关）出击，攻打伊稚斜单于本部精锐；卫青领其余军力再度兵分两支，西出定襄（今山西省忻州市定襄县），与匈奴左贤王交战。谁知军情瞬息万变，卫青一脉行军一千多里，刚刚穿过茫茫沙漠，便意外地迎头遭遇由伊稚斜单于亲率的主力精英。原来单于早已得知汉军来袭，故意退兵北上，布阵于沙漠边缘，只等刚刚穿越沙漠的汉军筋疲力尽之时，猝不及防将其一网打尽。

敌军的兵力数倍于我方，且对方精锐准备充足，我方士兵疲劳仓促，后援无法抵达。面对这一极端情况，卫青稳住心神，当机立断命令武刚车自环为营，并派五千骑兵出击，迎战匈奴一万精兵。

武刚车是汉军汲取与匈奴交战的经验、针对骑兵防御发明的一种战车，车身上装有牛皮甲，立上盾牌用于防护。有的武刚车上开有射击孔，弓箭手能以武刚车上的盾牌为掩护，通过射击孔向敌人射箭，有点类似于今天坦克的雏形。

武刚车用途多样，是汉军后勤补给和前线作战都不可或缺的工具，亦给后代不少启发，如诸葛亮发明的木牛流马，就是武刚车的“进化版”。

据《史记》记载，双方交战时恰逢白日落，大风起，狂沙扑面，正如诗中所言“白日暗榆关”。严重受阻的视野恰恰给了卫青机会，他大胆利用风沙日暮的遮掩，命令武刚车对匈奴形成三面合围之势，让步兵在武刚车的掩护下不断对匈奴放箭。他再令身边五千骑兵形成机动部队，以运动战环绕左右，不停地找机会袭击匈奴，见缝插针，出其不意。

匈奴无法突破武刚车的合围，又被汉军的机动部队扰得头疼不已，竟在自己更熟悉的环境中被卫青耍得团团转。在渐趋不利的形势下，伊稚斜单于生怕被卫青活捉，竟丢下主力部队仓皇逃离，带领数百骑兵连夜向西北撤退。

战斗一直持续到天亮。到了第二天早上，卫青所率汉军取得了歼灭单于主力一万九千多人的辉煌胜利，延续了“一代军神”的美名。顺带一提，东部霍去病一脉势如破竹，轻骑穷追，刻下了“封狼居胥”的惊人功绩，彪炳千秋。

经此一役，匈奴元气大伤，远遁漠北，西汉在北方边境极大地巩固了政权力量，从此“漠南无王庭”，危害汉朝百余年的匈奴边患基本得到解决。

《燕歌行》（并序）

唐·高适

开元二十六年，客有从御史大夫张公出塞而还者，作《燕歌行》以示适，感征戍之事，因而和焉。

汉家烟尘在东北，汉将辞家破残贼。
男儿本自重横行，天子非常赐颜色。
摐金伐鼓下榆关，旌旆逶迤碣石间。
校尉羽书飞瀚海，单于猎火照狼山。
山川萧条极边土，胡骑凭陵杂风雨。
战士军前半死生，美人帐下犹歌舞！
大漠穷秋塞草腓，孤城落日斗兵稀。
身当恩遇常轻敌，力尽关山未解围。
铁衣远戍辛勤久，玉箸应啼别离后。
少妇城南欲断肠，征人蓟北空回首。

边庭飘飖那可度，绝域苍茫无所有！
杀气三时作阵云，寒声一夜传刁斗。
相看白刃血纷纷，死节从来岂顾勋？
君不见沙场征战苦，至今犹忆李将军！

摐（chuāng）金：敲锣。
腓（féi）：病，枯萎。
玉箸：玉筷，在此比喻眼泪。
飘飖（yáo）：形势动荡、险恶。

《燕歌行》本为乐府旧题，属于《相和歌》中的《平调曲》，曲调可能创始于曹丕。由于古燕国一带一直是汉民族与北方少数民族的交界，上演着频繁的冲突和征战，故而《燕歌行》常用于表达征戍徭役之苦，是边塞主题的代表性曲辞。

唐代诗人非常喜欢借乐府旧题翻作新诗，他们不避重复，大胆取用熟知的旧题，并创造性地加入自己的特色：或模仿古意，以旁观者的视角描摹常见主题的典型画面，抒发共性的情感和思考，同时在语言艺术上加以创新；或反映当下，借古题写诗人所处年代的时事，将旧诗题翻出新内涵，熔铸诗人独特的艺术风格。不能不说这是一种属于唐朝人的自信，大胆拟古却不拘泥于古，甚至有一种仿佛要同经典名家切磋诗艺的激情。

高适此诗，将上述两种情况巧妙地融于一体——诗歌正文的画面组接凝结了边塞诗几乎所有最具代表性的主题，诗序却告诉我们，他也在忠实反映着当下自己亲历亲闻的时事。开元二十六年（738年），大将军张守珪的部下擅自出军，攻打奚族残余势力，仓皇败落。张守珪包庇下属，隐瞒失败谎报军情，事泄后被贬。高适曾送兵蓟北，目睹军中腐败情状，有感而发。

以汉代唐是唐人写诗述时事的习惯，同时也让诗中的画面带有历史共性的纵深感。东北方掀起战事的烟尘，男儿毅然辞家，本就自信昂扬，更加上天子亲自鼓舞，愈加意气风发。榆关是东北边境极具知名度的关隘，从这里出关，便意味着离开汉境、走入了匈奴的势力范围。这支军队击鼓鸣锣、旗帜飞扬，行军无比高调，却恰恰犯了战前轻敌的忌讳，也由此埋下了失败的伏笔。

插着羽毛的紧急军书随一骑校尉飞跃沙海，单于亲率的部队点燃熊熊猎火，诗歌的节奏逐步加快，战事的紧张氛围扑面而来。北方的自然环境本就开阔萧条，加上敌军准备充分，迎面的威势犹如排山倒海，极具压迫性。战士们在前线惨烈牺牲，可同时将领们正在后方与美人寻欢作乐、夜夜笙歌！如此强烈的对比，如此荒谬的共存，结局自然毫无悬念——一场无可挽回的惨败。

就因为将领的好大喜功，出兵的急功近利，多少满怀热忱戍边的普通士兵，便这么白白流尽了一腔报国的热血。每个士兵的身后，都有一个日夜等着他归来的故乡；到如今，多少生离化作死别，究其所由竟如此轻率和不堪，又怎能不让有志之士陷入深切的意难平？

哪怕身处历史上最为鼎盛的时代，面对盛世王朝中潜伏的隐患，清醒如高适依然心系天下，为国担忧。他借《燕歌行》的结尾疾呼：到哪里再寻当年“飞将军”李广那样，真心关爱战士、纯粹保家卫国的优秀将领！中华大地曾经出现过一个李广，是整个民族至今仍可称道的骄傲；然而在七八百年后的盛唐，在一个比肩大汉的时代里，“至今犹忆李将军”，又何尝不是一种后继无人的悲哀？

《仿温德彝》

唐·温庭筠

昔年戎虏犯榆关，一败龙城匹马还。
侯印不闻封李广，他人丘垄似天山。

丘垄：坟墓。

温德彝是唐文宗时期的军事将领。关于此人行事不详，《新唐书·温造传》提及，大和四年（830年）温德彝作为河中都将，奉皇帝命令跟从温造平定了兴元军叛乱。周啸天《唐诗鉴赏辞典补编》认为，温庭筠该诗疑作于此时。

诗的前两句巧妙融入历史，既描绘了西汉大将军卫青的赫赫战功，又借此从侧面衬托了温德彝的戍边事业。龙城之战是卫青出征匈奴的首战，亦是他名垂青史的成名之战。

汉武帝元光六年（公元前129年），年轻的卫青被封为车骑将军，与其他三路军队共同出征匈奴。虽然这是卫青的首次出战，但他冷静果敢，深入敌营，一路势如破竹，直捣匈奴的祭天圣地龙城，并在这里俘获敌军700余人，大获全胜。

此次出征的四路汉军中，卫青一路是唯一一支取得胜利的队伍，这也是自汉初以来汉军对阵匈奴的首次胜利。由此，卫青“一代军神”的地位得以奠定，史书上开始铭刻下这位军事天才的传奇。

龙城之战前，匈奴所犯为上谷郡一带，约在今天河北张家口市怀来县附近，故而诗中所指并非确切的榆关，而是北方边境的统称。通过卫青的事迹，我们可以从字里行间得知，温德彝所致力的，正是和卫青一样的事业——守关戍边，关爱将士，一心报国。

然而就是这样纯粹的边关将领，却落得与同属汉朝的名将李广一样的境遇。“飞将军”李广的威名令与他对峙的匈奴都闻风丧胆，然而就是这样的将领，却得不到他一心护卫的汉王朝的肯定，终其一生，未得封侯。

生前得封侯者，死后陵墓规模庞大，温庭筠故意将之夸张为“天山”，更突显其讽刺之意：那些平庸之辈，甚至无德无才之人，尚可凭借一朝封侯得到如此待遇，而一心保家卫国的栋梁之材，竟得不到应有的待遇，这难道不是一种尖锐的讽刺吗?

诗的标题为“伤温德彝”，却是前两句先写卫青，后两句又说李广，看似无一字与温德彝有关，却暗中处处在讲温德彝。这便是温庭筠此诗的一大特色：明面似乎写古，暗里都在说今，所写事迹全非温德彝，却又字字在为温德彝述说和感慨。

此诗又名《伤边将》，不仅在为温德彝个体的不幸而惋惜，同时也在为以他为代表的所有有志报国却有功无赏的边关将领鸣不平。

《出榆关》

金·刘著

羽檄中原满，萍流四海间。
少时过桂岭，壮岁出榆关。
奇祸心如折，羁愁鬓已斑。
楚垒千万亿，知有几人还。

羽檄：古代军事文书，插鸟羽以示紧急，必须迅速传递。
楚垒：坟墓。

刘著，字鹏南，舒州皖城（今安徽潜山）人，活动轨迹跨越北宋和南宋，具体生卒年不详。

南宋时期，刘著入金任职甚久，故将其所属朝代划归金朝。他六十余岁才入翰林，充当翰林修撰，做刘祁的副手编修《归潜志》十四卷。其中，刘著有关金代文学、哲学的言论非常丰富，对后世研究有很大的影响，元明时期的朝廷编撰多有引用。晚年的刘著自号玉照老人，因其故土皖城有玉照乡，以示不忘其本。

这首《出榆关》集中表达了刘著远离南宋、入金谋官多年的复杂心绪。自从宋徽宗、宋钦宗被金人掳掠为奴，“靖康之变”令整个中原大地都蒙受战火，无数百姓被迫离乡，如微渺的浮萍在广阔的四海间漂泊无定。

诗人回想自己年轻时曾亲自踏足祖国的大好河山，甚至还抵达过遥远的岭南，那时完整的天下都还属于汉民族的领土。无论诗人走了多远，都能对脚下的土地有明晰的归属感。可如今，秦岭—淮河以北统统落入敌人之手，历来名满天下的北方边界关口——榆关，也不得不成为难以触及的历史记忆。

诗人为求生计，在已属异族管辖的中原大地上奔走谋生，想来那时宋的所谓“北方边界”已被金人逼退至淮水—大散关。而汉民族文人早已在诗文记载中习惯了用“榆关”代指北方的边界——眼下，我们的“榆关”和实际的榆关相隔如此遥远，怎能不令人为国运的衰微、自己的身世而悲哀。

顷刻之间丢去半壁江山，皇帝沦为阶下囚，历朝历代何曾受过这样屈辱的“奇祸”，想来令诗人倍感“心如折”。在金人的统治下，诗人羁旅浮沉半生，从年轻壮岁到两鬓逐渐斑白。

生命开始凋零，叶落更思归根，诗人心中对汉民族聚居领土的思念越发浓烈。他眺望熟悉又陌生的中原大地，念及这里从古到今不知有多少人付出了生命，化作了坟茔，有的战死沙场，有的死于流亡——究竟有几个人能幸运地全身而退，平安归来呢？哪怕侥幸捡回一条命，又有几个人能在乱世里安居乐业，独善其身？

覆巢之下，焉有完卵。不能还乡的诗人只好暂且苟活，唯有让一颗无所属的心在深重的愁苦中浸润、浮沉。

《观海亭》

明·戚继光

曾经泽国鲸鲵息，更倚边城氛祲消。
春入汉关三月雨，风吹秦岛五更潮。
但从使者传封事，莫向将军问赐貂。
故里苍茫看不极，松楸何处梦魂遥。

祲（jìn）：古代迷信称不祥之气；妖气。

赐貂：明代朝廷每年初冬向大臣颁赐貂褂。

松楸：松树和楸树，因墓地多植，故代指坟墓。

《观海亭》是戚继光被贬调广东之前所作，时间约在万历十年（1582年）。在此之前，戚继光已奉命在蓟州、永平、山海诸处镇守了十三年有余，为包括山海关在内的长城东部边防做出了相当杰出的贡献。

鲸鲵，常用于比喻凶恶的敌人，或者海盗。泽国，大抵是水泽丰富之地，显然不可能是山海关所在的秦皇岛一带。明穆宗隆庆元年（1567年），甫才平定东南沿海倭患的戚继光受到推荐奉调北上，于次年五月任蓟镇总兵，总理练兵事务及筹备边防。联系戚继光在北上之前曾平定倭寇的经历，首句“曾经泽国鲸鲵息”，应当是追忆那时的赫赫战功。

戚继光任蓟镇总兵期间，不仅彻底整顿了边关军容、创立新的作战方式和积极准备更适合长城作战的军械，还大力整修了明初以来修筑的长城边墙。他根据实际作战需要，为长城增筑了千余座空心敌台、烽燧烟墩，创建了老龙头入海石城，整修损毁的城段，还为险要的地段修筑长城复线。十数年内，他逐渐将绵延千里的蓟镇防线，修成一个体系严密、设施齐全的军事防御系统，让这里连年受到侵扰的局面得到了改善，明代历史中少有的一段太平景象与此紧密相关。

故而戚继光这句“更倚边城氛祲消”指的是他为山海关一带边城带来的贡献。紧接在抗倭功绩之后，他又为北方边城消除了战争的阴云，的确称得上是功在当代、利在千秋。

此时此刻，戚继光即将离开山海关，登上他熟悉的观海亭，看着枕山襟海的山海关上又迎来春风拂面、细雨如丝，秦皇岛沐浴着和风海浪，迎接着日日夜夜的潮汐涨落，一派大气的景象中透着一丝属于英雄的柔和，那是他亲手为此地带来的可贵的和平。

然而就是这样一位满心奉献又功劳卓著的将军，却受到了不应有的待遇。万历十年（1582年），内阁首辅张居正病逝；半年后，给事中张鼎思趁机上书，说戚继光不应留在北方，他便被当朝者一朝调往广东，命令之急令人猝不及防。

戚继光感慨，自己当然会听从朝廷的调令，也不奢望得到赐貂的恩赏，然而历经多年守边、年事渐高的他，到今天仍然看不到一丝一毫回归故里的希望，自己的坟茔终将落在何方呢？这声英雄末路的哀叹，这份充满悲怆的失意，在雄浑的山海关面前似乎轻如飘摇不定的绒羽，却在史书里留下沉重的一笔。

万历十三年（1585年），戚继光再次受到弹劾，被罢免回乡，三年后病死于家中。结合这首诗看戚继光的命运，后世诸人更能读懂其中的唏嘘，为这一代名将的结局奉上绵延不绝的挽歌。

《山海关》

明·黄洪宪

长城古堞俯沧瀛，百二河山拥上京。
银海仙槎来汉使，玉关秋草戍秦兵。
星临尾部双龙合，月照平沙万马明。
闻道辽阳飞羽急，书生急欲请长缨。

堞：女墙，城墙上如齿状的薄型矮墙。
百二：比喻河山形势险固，据此两万人足当敌兵百万，语出《史记·高祖本纪》。
槎：木筏。

书生不愿困于纸笔，意欲走上沙场、实现抱负，这种志向光是表达本身，往往就能成为一段佳话。

历史上著名的就有东汉班超“投笔从戎”的典故，还有初唐杨炯“宁为百夫长，胜作一书生”（《从军行》）的呐喊。学文令人明智慧、知是非，尚武令人强体格、磨意志，二者从来不是泾渭分明，而是彼此相通，形成互补。

黄洪宪的《山海关》便是这一思想的延续。黄洪宪于隆庆年间考中进士后，一生都在京城做官。他曾于万历十年（1582年）皇长子出生之际出使朝鲜，这大概是他此生与山海关离得最近的一次。

长城的城墙最具标志性的特征，就是漫长的墙垣上整齐密布着齿状的薄型矮墙，名为堞，又名女墙，为瞭望和防御提供了很大的方便。山海关濒临渤海（沧瀛），长城蜿蜒于高山之脊，一个“俯”字，将凌空俯瞰、气吞山河之势跃然纸上。护卫京城的山海关地形险要，易守难攻，颇有“一夫当关，万夫莫开”的气魄。

这样的山海关曾迎接驾着仙筏渡银河而来的汉朝使者，也曾见证过秋草掩映之中埋伏备战的千万秦兵。传说汉武帝派张骞追溯黄河的源头，出使西域，竟一直走到天尽头，乘坐仙筏直上银河。这里的描绘固然带有典故化用和神话色彩，却显得更加鲜活灵动，历史纵深感也呼之欲出。

星即木星，又称太岁星，天象认为，当太岁与东方青龙的尾宿汇合（即“双龙合”），便呈现战争之兆。此时月下的山海关，平沙茫茫，万马显露，战事一触即发，飞羽急报已传入京城。正是国家需要之时，有志男儿又怎甘愿纸上谈兵，他们要像西汉时请缨出塞的终军那样，亲赴沙场，为国而战。

诗中所描绘的山海关景象，或许有亲眼所见的细节加持，但更多还是在古人必备的天文地理常识、历史典故、传说见闻的基础上合理想象，构筑出来的一个泛化的“山海关”。这个概念无须实地考察，是符合大多数人印象的。这个山海关的概念性超越了它的实际所指，因此，黄洪宪到底有没有真的见过山海关，已经没必要细究了。

同理，诗中的书生究竟是不是真的出了山海关去打仗，或者究竟有没有这么一位真实的书生，也都无关紧要，因为在诗歌完篇的那一刻，诗人记录瞬间的情感、满足当下表达欲的目的已经达到了。

我们无须追究虚与实，更无从去辨别。我们只需知道在真实历史的某一刻，诗人黄洪宪以山海关为背景，想延续古来投笔从戎的美谈佳话，便成就了这首诗，也给属于山海关的文化留下了自己的续写。

《山海关送季弟南还》

明·袁崇焕

公车犹记昔年情，万里从我塞上征。
牧圉此时犹捍御，驰驱何日慰升平？
由来友爱钟吾辈，肯把须眉负此生？
去住安危俱莫问，燕然曾勒古人名。

公车：君主的兵车，官车；后也作为科举时期举人进京应试的代称。

牧圉（yǔ）：牧地，边境。

捍御：保卫，防卫。

去住：去留。

袁崇焕是明末长期镇守山海关的著名将领。这首诗是他在山海关为季弟南行送别时所作，诗中饱含了兄长对弟弟殷切的鼓励、劝勉和关怀。

袁崇焕目睹季弟登上官车，即将远行，心中虽涌起诸多不舍与回忆，却仅仅以一句“公车犹记昔年情”轻轻带过。过往固然值得怀念，离别固然可以唏嘘，但胸中有大丘壑的袁将军不愿耽溺儿女情长，而是着眼当下，放眼未来，用更多的笔墨承载一位兄长的希冀与嘱托。

他叙说时势——边境此时仍需要不懈地加强防卫。他感慨平生——我们所做的一切，都是为了有朝一日，能让天下迎来真正的太平。他情系骨肉——我们之间的友爱天地可鉴。他鞭策季弟——生为堂堂须眉男儿，若不在天地间成就一番事业，又如何能问心无愧，说自己不辜负此生？

那么，无论是去是留，是安是危，都无须过问，无关紧要了。因为天地广阔，有志者哪怕到再远的地方，都能留下不可磨灭的功绩——你看那遥远的燕然山石上，至今仍镌刻着东汉大将军窦宪北伐匈奴的威名呢！

这些昂扬豁达、情真意切的嘱托，既是祝福临行的季弟，又何尝不是在激励自己。因此，那句豪气干云的“万里从我塞上征”，既是希望弟弟如今从山海关出发，从此走上追寻人生价值的漫漫长路，也是自己面对此身所在的山海关，在心中立下的豪迈誓言。

前方是茫茫北境，是漫漫人生，无论是空间还是时间意义上的“万里”，都将从此刻、从脚下、从我身处的长城第一要塞山海关起步。

袁崇焕本人，亦是用他的一生践行了自己在诗里的期许。明朝末年，后金（即后来的清）势力崛起，多次进犯北方边境，直逼华北的门户山海关。北境危急，袁崇焕独自探查山海关的地形军势后，回朝向明熹宗上言称：“只要给我足够的兵马钱粮，我一个人就可以镇守山海关。”（《明史·袁崇焕传》）

袁崇焕果然不辱使命，奉命抵达山海关后，多次击退后金的来袭，先后取得宁远大捷、宁锦大捷，并于崇祯年间击退皇太极亲率的数十万部队。不过，他最终却遭魏忠贤遗党攻讦、皇太极离间而被治罪处死。

袁崇焕生于末世，虽不幸死于阴谋之下，却在有生之年捍卫了山海关多年的安定，成为国人心中一座不朽的丰碑。

《满庭芳·出山海关》

清·释今无

地尽天穷，云寒雪重，月明画角声长。
荒鸡塞远，漂泊泪如霜。
城旦鬼薪何处？学苏卿、啮雪驱羊。
却从来、堪伶节烈，抵死问苍苍。

长城东去也，沙封白骨，雪打皮囊。
更烟流短草，雁起边墙。
凄断神州抛撇，毾㲪间、箕子佯狂。
莫回首，秦淮箫鼓，特地又悲凉。

鬼薪：秦汉时的一种徒刑，刑期三年，因最初为宗庙采薪而得名。鬼薪从事官府杂役、手工业生产劳动以及其他各种重体力劳动等。

毾㲪（rán sān）：用动物毛做的装饰物，悬挂马车前，用于招引。

佛教信徒出家，都会将原本的俗姓更改为“释”姓，取梵语“释迦”的略称。僧人要用大量的时间研读经卷、讲经论学，因而他们普遍文化水平较高，其中擅长作诗者不占少数，这成为中国古代文学史上一个广泛的、独特的文化现象。

许多僧人还与文人交好，知名例子如苏东坡与佛印。释今无是清朝顺治到康熙年间的僧人，他以佛家的悲悯情怀凝望古老的山海关，给我们带来不一样的视角和感受。

《满庭芳》开篇，便将目光投向了“地尽天穷”之处。山海关位于北方边境，若神州大地即是天下，山海关又何尝不是天空北端的边界、大地朔方的尽头？如此，营造出空间的边缘感和偏僻感，又加上“云寒雪重”，更为寒冷逼仄。

月亮长明，画着彩绘的号角长长呜咽，这荒凉遥远的边塞之地啊，怎不令漂泊之人思念家乡？因了极寒的天气，征夫的泪甫一夺出眼眶竟凝结成霜，与风雪一道共同紧绷在早已冻僵的脸上。

边城已经迎来破晓，那些辛苦了一夜的徭役征人又去了何处？他们就像当年被囚禁的苏武一样，整天受困于苦力活，只能偶尔嚼嚼冰雪来解渴。无论是忠烈还是普通百姓，都在生死边缘苦苦挣扎，抵着死去的威胁试问上苍，为什么无辜众生要遭遇此等不幸？

生亦何欢，死亦何苦。千年古战场的黄沙下埋葬着不知多少白骨，新的覆上旧的，后代的覆上前朝的。现在还在这里活着的人，皮囊经受着烈烈风雪，会不会很快也将归入它们，成为新的一层白骨？狂风卷起白沙似的雪沫，吹过一茬茬凌乱的枯短的白草，竟还有没来得及南飞的大雁，从边墙上飞起。

众生皆苦，有心难度。有人便心灰意冷，效仿商纣王时期的贤臣箕子，割发鼓琴，佯装癫狂，只为躲避现实的一切。

对于这样的选择，究竟是好是坏，词人并没有明确自己的态度。他只奉劝身在此地的人，千万不要回首想念秦淮河的温柔缱绻，否则，与眼前这冰天雪地的处境两相对比，只能徒增一份沉重的悲凉。

《长相思》

清·纳兰性德

山一程，水一程，
身向榆关那畔行，
夜深千帐灯。

风一更，雪一更，
聒碎乡心梦不成，
故园无此声。

古往今来，不知有多少人踏上过那条通往山海关的道路，他们的足迹汇聚成一条源源不断的河。

在这条幽深的河里，我们看到每一个人都有不同的轨迹：有的人去时年少，归来白头；有的人甚至一去无归；有的人初来时一无所有，归去后功成名就；有的人却不得不抛弃自己的所有，只身走向空落落的大漠……

奔赴榆关之人发出的众多声响里，那些壮志昂扬之声自然引人瞩目。但我们仍不可忽视，对绝大多数普通人而言，这条路并没有带来什么荣耀，更多只是再平凡不过的羁旅之苦、思乡之愁。

康熙二十一年（1682年）二月，平定云南的康熙帝出关东巡，祭告奉天祖陵，纳兰性德作为侍卫随行。塞上风雪交加，路途艰险，纳兰性德本就体弱，性格又多愁善感，因而尽管他身世显赫，这一行给他带来更多的并非与有荣焉，而是仿佛与普通人共情的思乡之愁。

山一程，水一程，所谓跋山涉水，大抵如此。广阔的空间距离给身体带来重重疲惫，词人只知道自己是向着那个榆关走去。旁人眼里与功名荣耀挂钩、重如千钧的榆关，在他看来不过是个平平无奇的地理名词，而且太过遥远，令人望而生畏。夜深了，行军部队就地扎营，千帐漏出的昏暗灯光，姑且微微照亮这个寂寞的寒夜。

词人仰卧帐中，听到帐外风雪不住地呜咽，吹过一更，又一更，是那样聒噪不休，令人心烦意乱。梦是做不成了，醒又被风雪声扰得无法全情投入思索，连想要好好回忆家乡的美好，都被这哭咽似的风雪声无情地刮碎。

京城城墙森严、人居密集，是断不会有这种声音的。这样狂野无羁的风声雪声，只有在这无边无际、杳无人烟的塞外，才生得出来。

路长了，走累了，会埋怨；天太冷，风太大，会不适应——这才是大多数普通人的切身感受。不是所有人都能有一腔永远不熄的热忱，去抵御看不到头的征途和无处不在的危险。更多人或许某一刻受到鼓舞，或许也燃起过一些集体荣誉感，可更多时候都是在同这些寂寞和辛苦为伴，同这些乏善可陈却又尤为难捱的人之常情为伴。

他们保持沉默，只言片语的抱怨早被朔风刮得无影无踪，可谁都不能否认他们的确存在着，而且是体量庞大、不容忽视地存在着。不是其中人，难解其中味。

纳兰性德以他体察入微的细腻笔触，将普通人心之所感凝结成文学史上的名篇，确有他独到的魅力。

《浣溪沙·姜女祠》

清·纳兰性德

海色残阳影断霓，
寒涛日夜女郎祠。
翠钿尘网上蛛丝。

澄海楼高空极目，
望夫石在且留题。
六王如梦祖龙非。

六王：指战国燕、赵、韩、魏、齐、楚六国。
祖龙：指秦始皇。祖，始；龙，皇帝。

姜女祠又称贞女祠，位于山海关以东凤凰岭上，是为了纪念孟姜女所建的祠堂。

相传秦始皇时期，始皇帝大兴土木修建长城，孟姜女的丈夫被迫服役，从此杳无音信。孟姜女千里送寒衣，不见丈夫身影，悲愤交加的她扑倒在长城墙上痛哭，其声令天地为之悲泣，竟让刚修好的城墙轰然倒塌，露出丈夫的遗体。得知真相的孟姜女痛不欲生，遂转身投海自尽。

长城的众多关隘里，唯有山海关衔山控海，因而姜女祠修建于此，是兼顾了传说与现实的选择。

孟姜女的传说究竟有几分真实，在广大民众心里似乎已无追究的必要。她的故事存在本身，就代表了普通民众敢于向强权鸣不平的勇气。秦始皇的年代已过去两千年，长城也见证着中华大地走过两千年的风风雨雨。

如今，海上碧波宁静，河山万里、壮阔波澜都笼罩在一片静默残阳之中。夕阳倒映海面，流淌着波光粼粼的倒影，仿佛从天上断来了一片虹霓。冰凉的海水潮涨潮落，日夜不休地拍打着岸边的姜女祠。岁月流转，祠堂中姜女像头上的翠钿已蒙了尘网和蛛丝，留下了时间的痕迹。

词人登上澄海楼极目远眺，那座传说为姜女望夫不至所化的望夫石，依然矗立着，不知有多少人曾来观瞻，曾在石上题作抒怀。六王毕，四海一，当年一统天下的秦始皇，早已随历史逝去，不复踪迹；两千年前的纷争和合，已如一场历史的旧梦，悄然无痕。人世沧桑，宇宙永恒，时代的滚滚浪潮中翻涌过多少人的悲欢离合，而后人也在为前人感慨叹息的同时，上演着自己的故事。

《浣溪沙·姜女祠》无疑是山海关文化史上一首独特的作品，它摆脱了边关诗常见的男性视角，别出心裁地将目光投注到孟姜女这一历史女性身上，以她的故事、她的祠堂，来表达词人的古今之叹。

徐燕婷、朱惠国在《纳兰词评注》评这首词："上片写景，凄凉萧瑟。下片重在抒情，有着浓重的历史兴亡之感。词作流露了一种超越历史时空的悲凉。"

这首词与前面的《长相思》一道，都是纳兰性德同康熙帝东巡期间所作。我们可以看到这位皇族贵胄、才子词家，总对身边的风物保持着细致的观察，并以他体贴入微的笔触，细腻表达着属于一个普通人的真实悲欢，以深切的共情打动着历代读者的心。

卢龙塞

卢龙塞在今天河北省唐山市北部迁西县与宽城县接壤处，自古以来是冀东北地区长城内外的交通要冲，也是明朝时期北方蒙古族向京城进贡的主要通道。关口左右皆有高山对拱，地势十分险要。卢龙塞又名喜逢口，相传古有久戍不归者，其父求之，喜逢于此，因此得名喜逢口。此地长城始建于明洪武年间，永乐年间改为喜峰口。

“出神京，临绝塞，是卢龙。”卢龙塞临近北漠，其气候风物已与京城大有不同。这里是戎昱笔下的“北风凋白草”，连北地边关常见的白草，都被萧索的朔风吹得几欲凋零；这里是岳岱所写的“地偏桃李后，四月始闻莺”，因为地理位置偏远，桃李都不曾在此生长与开放，直到中原已是春末时节，卢龙塞才隐约传来黄莺的啼鸣。

连年不休的战火纷争也是卢龙塞的底色，戎昱借守城老兵之口，道出“自有卢龙塞，烟尘飞至今”。这战乱的烟尘一直飞到明末，在内忧外患之际，陈子龙忧心忡忡地发问“即今谁是出群才”，究竟谁才是那个力挽狂澜的英雄？可直到明朝覆灭、以身殉国，他都没能在历史中寻到这份答案。夕阳晚照，历史轮转，斯人已去，唯有满地的黄芦和白草随风飘摇，在沉默中见证着卢龙塞的前世今生。

《送著作佐郎崔融等从梁王东征》

唐·陈子昂

金天方肃杀，白露始专征。
王师非乐战，之子慎佳兵。
海气侵南部，边风扫北平。
莫卖卢龙塞，归邀麟阁名。

麟阁：即麒麟阁，是汉朝供奉历代功臣的阁楼。

武则天万岁通天元年（696年），契丹发动叛乱，攻陷营州。七月，武则天派梁王武三思（武则天侄）出征，陈子昂的好友、时任著作佐郎的崔融，以掌书记身份随军。

唐代既崇文又尚武，尤其在武则天于科举中开设武举后，满朝读书人多以文武双全为荣。许多读书人、文官也常在腰间佩剑，他们会积极地争取出塞，渴望立下军功，建功立业。

此诗以五行和节气起兴。五行学说认为，秋天属金，金主杀伐之气，秋风肃杀，适宜打猎和战争。实际上，从科学角度来说，秋天是收获之时，粮食充足，水草最为丰美，猎物和马匹也最为壮硕，的确是最适合打猎和征战的时节。

农历七月已属初秋，白露节气也大致在此时，唐王朝的军队则准备出征。出征是为平叛，是正义之师，因而顺应天道，必将取胜。牵挂友人的陈子昂，还是不放心地叮嘱崔融，一切都要谨慎，不要逞强出师，更需减少不必要的杀戮，平安归来。

营州地处河北道，靠近渤海。从渤海吹来的湿润的海气，自北向南润泽了整片中原大地。边疆的寒风席卷北方，仿佛将整个北境一扫而平。

颈联对仗工整，视角从眼前的送行转入想象中的俯瞰，俯瞰中原与北境，俯瞰海气和烈风，涤荡山海，所向披靡。唐王朝的军队，也将如这海气与烈风一样，所到之处无人能挡，一举破敌，扫平纷争。

诗歌尾联，运用了与卢龙塞相关的典故。据《三国志》记载，曹操北征乌桓，隐士田畴出山献计，让曹操走卢龙塞小路出兵，方能打个出其不意。曹操听从了这一计策，果然大获全胜。论功行赏时，田畴拒绝接受封赏，表明“岂可卖卢龙塞以易赏哉！”。这一史实也从侧面证明了卢龙塞的军事战略地位何等重要。

陈子昂使用这个典故，一是与梁王发兵作战的地理位置相合，二是希望崔融像田畴一样，不要居功自傲，更不要为了贪图封赏肆意扩大战局，希望他能在军中做好表率。麟阁即麒麟阁，是汉朝供奉历代功臣的阁楼，这里指最高级别的封赏。

武则天喜好征伐，陈子昂对此次出征的态度颇为复杂：一方面，他希望当局出征平叛祸乱，还河北百姓安定；另一方面，他又不希望武则天借此扩大战局，穷兵黩武，给百姓带来更深的灾难。他将这样的思想寄托在送别友人的诗中，或许也只有面对友人，他才能毫无保留地表达自己的希冀与担忧。

《塞下曲·其六》

唐·戎昱

北风凋白草，胡马日骎骎。
夜后戍楼月，秋来边将心。
铁衣霜露重，战马岁年深。
自有卢龙塞，烟尘飞至今。

骎骎（qīn）：马走得很快的样子。

“十五从军征，八十始得归。”（《汉乐府·十五从军征》）无论盛世还是乱世，只要征战的烽火不停，只要边境还有隐患，总有许许多多平民百姓走上从军服役的路。他们是自愿还是被征都无足轻重，他们的付出与牺牲都埋没于黄沙，湮没在过去的时光中不知名姓，待那短暂的生命逝去便化为历史的尘埃。

有多少人就这么在苦寒边地强忍着，从青壮到白头，甚至客死他乡。我们难以计数，甚至无从考究，可一旦我们通过千百年来流传的诗歌文字，触及这些普通人浓烈的悲欢，便难免泛起深切的、感同身受的同情。

戎昱的《塞下曲·其六》就是这样一首记录了多年戍边老兵所看所思的诗歌。

也许这位老兵的人生中，在边关的年岁已经比在家乡还长了。他看着呼啸的朔风吹枯了边关特有的白草，一幅“北风卷地白草折”的景象——白草本就是耐寒耐旱的当地植物，都免不了被这里的烈风摧残至枯萎，那么本就不是当地人的中原士兵呢？他们又是如何在这样的环境中艰难活着的？光是想象，我们就已觉得不寒而栗。

就在这么严酷的环境中，他们还得时时提防胡人的入侵，因为胡人和胡马总是时不时出现，随时可能引发冲突，让人安心不得。

长夜凄冷，戍楼孤寂，弯月高悬；深秋萧瑟，边将一颗蓬勃跳动的心，被深深关在冻僵的胸膛里，纵有万千难捱的情与思，也无人听取，无从倾诉。他只能看着自己身上冰冷滞重的铁衣，随夜色渐深，凝结了一层层雾白的霜寒；与他相伴多年的战马，也已从壮年迈向苍老，自己又何尝不是一样？

他所驻守的卢龙塞，在他出生以前很多年就存在于这里了，称得上是历史悠久。可自从它矗立在此，烽火烟尘就从未停歇，从遥远的历史一直飞到了今天，也许还将飞向前路莫测的未来。

全诗运用白描，语言质朴无华，几乎每一句都是将边塞独有的意象罗列，不着任何修饰的辞藻，却独有一种大道至简的古拙美感。事实上，也只有这样的语言，才符合一个普通老兵的口吻。一个普通士兵，文化水平不可能比肩文人，他的言辞不会注重文采和修饰，全都从日积月累的厚重见闻中凝练出来，必然简单质朴、直击要害。

身为诗人的戎昱，很好地处理了代言体诗歌中的语言与被代言者身份的关系。他放弃了文人常用的辞藻，却完全没有失去应有的意境，反而呈现出一种更萧瑟、更苍凉、更饱经风霜的效果。看似收敛至极，实则以退为进，于平淡中见真章。

《陆郡伯谈永平作卢龙曲赠之》

明·岳岱

自古卢龙郡，闻君说永平。
风高孤竹国，雪暗五花城。
女直秋输马，将军夜发营。
地偏桃李后，四月始闻莺。

女直：即女真。

这首诗存于清初文坛大家钱谦益所编的《列朝诗集》丁集第八。钱谦益编《列朝诗集》，意在以诗存史，所选作品一般都属作者的代表作。他仿照元好问的做法，以诗系人、以人系传，给每个作者都附了小传，介绍姓氏、爵里和生平，品评其作品得失，资料比较丰富，有些记述在今天已是罕见的史料，弥足珍贵。

岳岱，苏州人，字东伯，自称秦馀山人，又号漳馀子，是嘉靖、隆庆年间的名士。他曾隐居阳山，中年出游恒、岱诸岳及东南诸名山，善于作画与写诗，著有《咏怀诗》九十六篇。

根据诗题信息，这首诗的写作缘由当是诗人听取陆郡伯谈论永平府相关内容后，有感而发，作诗回赠。永平府在今河北省秦皇岛市卢龙县，殷商时期为孤竹国所在地，自明朝起被称为永平府，隶属直隶省，卢龙塞便在其中。

与历史上曾作为都城的西安、南京等地相比，明朝的都城北京更靠近东北一带的边关，因而长城的军事防御价值显得更为重要，尤其是拱卫北京城的卢龙塞、山海关等著名关隘，凝聚了军事家、政治家和边塞文人的目光。

卢龙县所在之地，曾在殷商时期诞生过著名的孤竹国。孤竹是殷商兴起之后北方的大诸侯国，是负责拱卫商朝的血亲诸侯国。

“孤竹”之名，最早见于殷墟甲骨文和商代金文，甲骨卜辞中有关竹氏的活动，就有40多条记录。孤竹国君与商王同为子姓，他的后代以“竹”为氏。如殷墟甲骨卜辞文中称孤竹国为“竹侯”；商代的甲骨文中多有“妇竹”“妻竹”“竹妾”等字样，这是孤竹国女子嫁于殷商王室为诸妇者的称谓。此外，许多甲骨文、青铜器铭文、玉文，以及《国语》《管子》《韩非子》《史记》等文献之中，都有孤竹的记载。

孤竹国拱卫王都的地位与作用，同今天卢龙塞毗邻和护卫京城一脉相承。五花城，亦是该地曾经重要的军事地名之一。长风吹过历史，每场厚重的大雪都昭示着旧岁新年的交接，漫长的时间在这片土地上流淌，卢龙却一直担任着王都的卫士。

女直，即女真，是后来清王朝的前身和祖先。秋日马肥，适宜动兵，女真的战马源源不断地输送到边疆，我们的将军也连夜出征，准备迎战。这里地理位置偏远，气候与中原迥异，桃李的开放都推迟了，四月才能听到春莺的啼鸣，颇有“人间四月芳菲尽，山寺桃花始盛开”的意味。

诗歌起句交代写作背景，颔联以永平府所在地曾经的古迹承接，颈联描述当今对峙的现状，尾联感慨边地气候的不同，是一首起承转合非常鲜明的五言律。

《辽事杂诗·其七》

明·陈子龙

卢龙雄塞倚天开，十载三逢敌骑来。
碛里角声摇日月，回中烽色动楼台。
陵园白露年年满，城郭青磷夜夜哀。
共道安危任樽俎，即今谁是出群才！

碛（qì）：沙漠。

回中：此处指代明朝都城附近的园林行宫。

樽俎：语出《晏子春秋》“不出樽俎之间，而折冲于千里之外”，能在谈判的酒席上，使千里之外退兵。

陈子龙，明末著名官员、文学家，崇祯十年进士。他的诗和词都有较高的成就。他的诗歌或悲壮苍凉，或典雅华丽，或合两种风格于一，被公认为“明诗殿军”。词作方面，陈子龙主攻婉约风格，成为云间词派盟主，被后代众多词评家誉为“明代第一词人”。

陈子龙所在的明末年间，女真族的势力已经非常强大，而明王朝积累了历代帝王的昏庸贫弱，几近奄奄一息。

“卢龙雄塞倚天开”，地处交界的卢龙塞凭借险要的地势地形，成为双方攻守的焦点。然而因为明王朝国力衰弱，难以抵御女真强大的铁骑，后金于崇祯二年（1629年）、崇祯七年（1634年）和崇祯九年（1636年），近十年内三次跨过长城，京师竟无能为力。

人们只能眼睁睁看着从北方纷至沓来的后金势力，吹响战争的号角，动摇了中原的日月星辰。战事的烽火绵延不息，烽烟甚至撼动了京城近郊的皇家园林行宫，整个明王朝正处于风雨飘摇之中。

战争给一片土地带来的，永远只有无尽的灾难。皇家和贵族们的陵园，年年挂满森冷的白露；城外那些被战火波及的百姓，枉死于乱世之中，无人替他们安葬，他们的尸首便化作夜晚青色的磷火，犹如飘荡不去的孤魂野鬼。在每一个漫长的夜里，似乎都能听到哀哀的哭泣之声。这样荒凉恐怖的景象，却是那么真实地发生在京城近郊，读来令人倍感凄凉。

女真步步紧逼，咄咄逼人，可尾联笔锋一转，写到明朝王室和官员们都是什么态度呢？他们都不愿认真出兵应战，只将国家的命运全都维系在樽俎之间、外交谈判上，实在是畏头畏尾，怯懦无能。这些身居高位者，安享朝廷的俸禄、百姓的租税，事到临头却如此置国家与百姓的安危于不顾，真真令人齿寒。

面对此情此景，心系家国的陈子龙不由得感慨，“即今谁是出群才”——明王朝如今竟找不到一个能出类拔萃的抗敌之才了吗？“出群才”出自杜甫《诸将》“安危须仗出群材”句。如今，安危可仰仗的“出群才”究竟在哪儿，放眼望去，只见无人挺身而出，无人保家卫国，陈子龙对时局的忧虑，只能越发深重。

历史的进程滚滚向前，后来陈子龙亲自践行了自己呼吁的理想，成为诗中那个挺身而出的“出群才”。在清兵攻陷南京之时，他和太湖民众武装组织联络，开展抗清活动，事败后被捕，毅然投水殉国。尽管他没能阻止明王朝的覆灭，但他在危难关头迸发的勇气与担当，依然值得历史将其铭记。

《金人捧露盘·卢龙怀古》

清·尤侗

出神京，临绝塞，是卢龙。
想榆关、血战英雄。
南山射虎，将军霹雳吼雕弓。
大旗落日，鸣笳起、万马秋风。

问当年，人安在，流水咽，古城空。
看雨抛、金锁苔红。
健儿白发，闲驱黄雀野田中。
参军岸帻，戍楼上、独数飞鸿。

参军岸帻（zé）：东晋孟嘉落帽的典故，孟嘉是征西将军桓温的参军，桓温极为赏识孟嘉，并重用他。

“金人捧露盘”这一词牌名，缘自唐代诗人李贺的《金铜仙人辞汉歌》，因诗中有那句著名的“天若有情天亦老”，乐家据此制成的乐曲声调苍凉而激越。该调是从此曲中截取一段前奏引曲而成，故又称“铜人捧露盘引”。

尤侗，字展成，明末清初诗人、戏曲家，在诗、文、词、曲等多个领域均有建树，其著作大都收入《西堂全集》和《余集》中。

亲临古迹，怀古伤今，是历来诗家文人笔下经久不衰的主题。与卢龙塞相关的历史典故中最著名的，大概就是汉朝的“飞将军”李广。尤侗这首《金人捧露盘·卢龙怀古》便写到了李广“南山射虎”的典故。

李广任右北平太守时，因善骑射而威震匈奴，匈奴人称之为“飞将军”，卢龙塞便在右北平郡。据《史记》记载，李广曾在一次出猎时，看到草丛中似有一只老虎，凝神弯弓射箭，一箭没簇。李广上前查看，发现射中的不是老虎，竟是一块大石头，而他射出的箭深深插入了石头中。李广惊奇，拔箭弯弓试图再射，居然再也不能让箭射入石中了，由此也有了“精诚所至，金石为开”的说法。

词中“南山射虎，将军霹雳吼雕弓”说的即是此事。不仅是这一脍炙人口的故事，李广生平的很多时光都与卢龙塞相伴，因而李广与卢龙塞可谓结下了不解之缘。如今岁月荏苒，斯人已去，“问当年，人安在”，唯有大旗鸣笳、落日秋风，陪伴着这座亘古萧索的城。

天抛细雨，身上明亮的铠甲映照古城的绿苔，在光线作用下微微发红。当年的年少健儿如今已生白发，闲来无事之时，只能去山野田间驱逐黄雀，打发征戍守城的时光。想到历史上征西大将军桓温对参军孟嘉的欣赏，不由得心生羡慕。

《晋书·孟嘉传》和《世说新语》都有“孟嘉落帽”的美谈。九月初九重阳节，桓温在山上设宴，孟嘉举杯痛饮时，未注意山风吹落了自己的帽子。他起身短暂离席之际，桓温有意玩笑，让人将帽子放回他桌上，并留纸条嘲弄孟嘉。谁知孟嘉回席竟一点不羞恼，反而大方地重新戴好帽子，提笔疾书，一篇为自己的落帽失礼辩护的答词一气呵成，诙谐而文采四溢。桓温和满座宾朋争相传阅，无不击节叹服。

词人此时和孟嘉一样同站在秋高长风里，却无人对饮，无人赏识，只好独立戍楼之上，数着南去的飞鸿，寄托自己绵延的愁绪与乡思。

《卢龙塞》

清·李锴

策马九月卢龙道，卢龙塞头霜信早。
晚花高柳不作春，夕阳处处黄芦草。
客行系马且伫立，吹沙淅瑟边风疾。
黄芦叶叶皆抱根，低头三嗅黄芦泣。

淅瑟：象声词，形容风声。

今天的我们旅行时，如若亲自走到卢龙塞，那么很可能会与李锴这首《卢龙塞》的前四句相遇。它也时常出现在不同的旅游记录、博客里，似乎成为现代人游览卢龙塞的感受标杆。

清朝的李锴并不算知名诗人，后人对他诗作的总体评价甚至还有所保留，说他的诗歌追求脱俗，难免刻意求高、有所斧凿。这一首却以流畅质朴的语言，成为流传较广的作品，想来以李锴的诗风偏好，若他对后世这首作品的流传度有知，也应该倍感意外吧。

农历九月，在中原都已属深秋，较京城更北方的卢龙塞，早早就迎来了白霜这一寒冷的信号。我们用了几千年的农历，以一个个典型的自然现象作为区分月份与四季的信号，用于指导农业生产。这是从对大自然细致入微的观察中得来的古老历法，集中体现了中国人追求的人与自然的和谐相生。

卢龙塞地处与中原气候迥异的北方，“霜信早”寥寥三字，便将地域的巨大差异和游子的强烈不适感表达出来了。这里举目空旷，无比荒凉，晚开的花朵和高处的柳枝都无法带来哪怕一点生机，它们都与这恶劣的边塞融为一体，生长得凌乱不堪，花开得破败粗粝，好像单是在这里活着，就耗尽了它们全部的生命力。

这与游子在故乡见惯了的花和柳的摇曳姿态，本就截然不同。夕阳西下，卢龙塞附近长满了粗犷的黄芦草。著名边塞诗人王昌龄也曾在自己的《塞下曲四首》中说道“出塞入塞寒，处处黄芦草”，遍地枯黄色的野草，竟在苦寒的荒漠中呈现一种异样的蓬勃，令人心生喟叹。

行程至此，天色渐晚，作客他乡的游子已身心疲惫，很想找到一个简单的歇脚之处；然而举目荒凉，今夜的栖居之所竟一点着落也无。旅人无奈，只好在一棵沙地的树上系好自己的马，姑且聊作歇息。

边关的疾风里裹挟着黄沙，吹得人脸疼身冷。旅人百般无聊难以排解，只好细细观察满地的黄芦草。黄芦虽野蛮生长，它的每一片叶子却都与根系紧密相连，如此抱着团获取生存的机会。黄芦尚且知晓抱根，离家在外的游子又何时才能回到故乡呢？

思及此，埋在心里的乡愁便如疯长的黄芦草，汹涌蔓延成满腔的寂寞。游人低头似在嗅着黄芦叶，不知不觉，便已悄悄泪流。

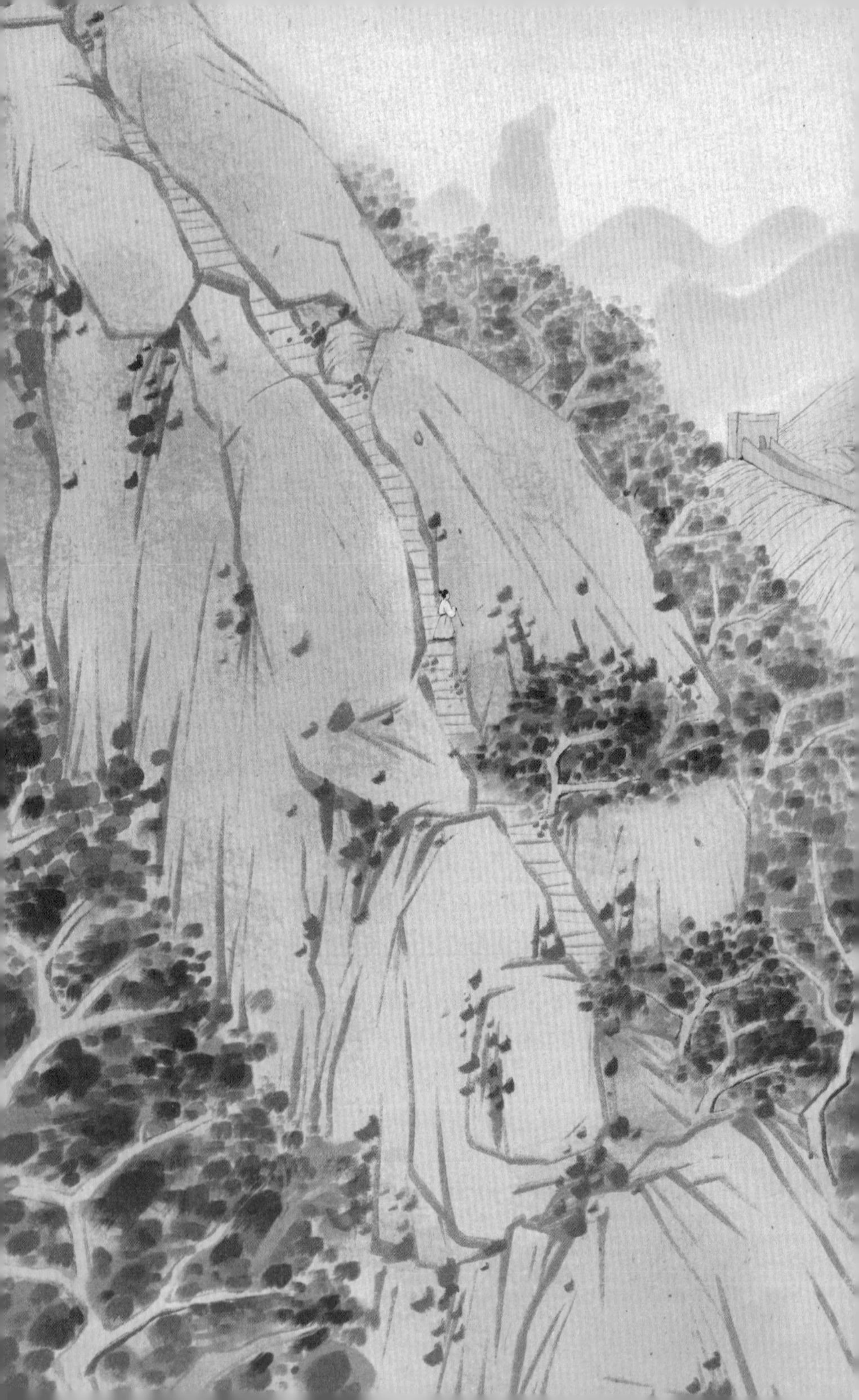

古北口

古北口原名“虎北口”，因其西南背靠卧虎山而得名。宋朝时，虎北口是通往中京和上京的要道，是大文豪苏辙所说“夷汉封疆自此分”的界限，因此留下了不少宋朝使臣的诗句。

明洪武十一年（1378年），朝廷沿山修筑长城，并在口边建城，古北口才正式成为长城的重要关口。它位于北京市密云城区北约45公里处，是燕山山脉的南北交通咽喉要道之一，贯通了华北平原与内蒙古草原。

这是一条南北走向的山间通道，东西两侧均是重重高山。山道夹在群山之间，“关口才容数骑过”，狭长而逼仄至此，令人行走其中不由得胆战心惊。纳兰性德如此形容其为“一线人争鸟道行”，行人队伍被挤压成细细的一线，只能争着从那条只有鸟才能飞过的高悬的窄路上通行，其惊险可怖，尚能窥见一斑。

然而在清朝人眼中，古北口虽然险峻依旧，但它已然完全被纳入清王朝的版图，故而人们看待它，总有一种征服了天险的成就感。曹雪芹的祖父曹寅，在中秋节登临古北口，看得“河山表里更分明”，真是畅快无比。顾陈垿来到这里，眼看边疆大漠都充满了安宁祥和，感叹“大漠亦神京”，这里和京城也没什么两样了，舒心至极。在古北口的惊心动魄面前，这种家国自豪的洋溢，令人吟咏起来又觉舒畅不已。

《过虎北口》

北宋·韩琦

东西层巘郁嵯峨，关口才容数骑过。
天意本将南北限，即今天意又如何。

层巘（yǎn）：重叠的山峰。

北宋时期的古北口还不是隶属长城的关隘，那时的它被称为“虎北口”，坐镇于卧虎山的东北，成为沟通燕山山脉南部和北部的交通咽喉要道。

韩琦，祖籍河南安阳，活跃于北宋仁宗至神宗时期，官至宰相，有《安阳集》传世。他为相十载，辅佐三朝，为北宋的繁荣发展做出了杰出贡献。与他共事的欧阳修称赞他“临大事，决大议，垂绅正笏，不动声色，而措天下于泰山之安，可谓社稷之臣”。

据考证，此诗作于韩琦任贺正旦国信使奉命出使位于宋朝北方的辽国之时。这次出行从宝元元年（1038年）八月开始，一直持续至第二年春天。《辽史·兴宗纪》卷十八有宝元二年（1039年）“正月，宋遣韩琦、王从益来贺”的记录。在此期间，韩琦创作了大量诗文，均收入《安阳集》。此诗作于宝元二年二月，应是韩琦完成出使任务归来，途经虎北口，即景所作。

虎北口是一条南北走向的山间通道，其东西两侧均是重重高山，层叠嵯峨，郁郁葱葱。山道夹在群山之间，路窄狭长，仅能容寥寥数骑通过，令人心生逼仄之感。

宋辽之间的关系本来就相当微妙，此时的和平表面下更是维持着摇摇欲坠的平衡。在出使辽国的大半年里，韩琦一直神经紧绷，如履薄冰，此时归来，策马经临如此险象，他不禁发出了对天意和时局的感慨。

燕山是中原北部的边界，是一道天然的屏障和分界线。位于它南部的中原，是农耕民族耕种的平原和田野；位于它北部的塞外，有游牧民族策马的草原和荒漠。

数千年来，双方一直处于不断的对峙冲突和交流共融之中。一山之隔，南北殊异，气候、语言、生活方式、文化都迥然不同，这样的差别似乎是上天横架燕山的授意。

可韩琦作为有远见、有格局、有能力的宋朝重臣，面对千年来仿佛已定的局势，他依然豪迈地向天发问：谁又能说中原不会再度保住边境安宁，谁又能得知“即今天意又如何”呢？

根据历史，我们知道一年以后，韩琦开始主动推动并亲自参与第一次宋夏战争，为争取边境的利益、重扬宋的国威付出了努力。在虎北口留下的诗句，见证了韩琦心中筹谋天下格局的丘壑，见证了一个宋朝的得力忠臣为国为民而奋力前行的缩影。

《奉使契丹二十八首其四 古北口道中呈同事二首》

北宋·苏辙

独卧绳床已七年，往来殊复少萦缠。
心游幽阙鸟飞处，身在中原山尽边。
梁市朝回尘满马，蜀江春近水浮天。
枉将眼界疑心界，不见中宵气浩然。

笑语相从正四人，不须嗟叹久离群。
及春煮菜过边郡，赐火煎茶约细君。
日暖山蹊冬未雪，寒生胡月夜无云。
明朝对饮思乡岭，夷汉封疆自此分。

北宋与辽国之间，常年维持着错综复杂的外交关系。历年来，北宋曾派遣多位重要使臣出使辽国，其中包括欧阳修、韩琦、苏辙等大人物。

苏辙是苏轼的弟弟，文才和名声与苏轼比肩，性格与文风较苏轼而言更沉稳质朴。元祐四年（1089年）八月，时任吏部尚书的苏辙领命作为贺辽国生辰国信使，与刑部侍郎赵君锡一同出使辽国。此行来回一共半年，虽然时间并不算长，但笔耕不辍的苏辙依靠笔下诗文记录种种见闻和感受，连缀起来，亦十分丰富有趣。

出使辽国这一差事，既重要又存在风险：重要在于，使臣代表了宋朝的国家形象，须言行得体，不卑不亢，延续宋辽明面上的和平；危险在于，辽国一直野心不死，说不定会拿使臣的言行当作借口挑起争端，甚至有可能无理扣押使臣，逼其归顺或害其性命。

每一位使臣，都无法保证自己不是下一个苏武，更何况“三苏”早已名震南北，他们的诗文在辽国境内也广受关注。在此情形下，苏辙还未出发，就收到哥哥苏轼寄来“单于若问君家世，莫道中朝第一人”（《送子由使契丹》）的关心告诫，劝弟弟千万低调。果然，苏辙刚到燕京，前来迎接的辽国使臣就问起苏轼的《眉山集》，苏辙不禁作诗道：“谁将家集过幽都，逢见胡人问大苏。”

行至古北口，狭路难行颠簸，人心亦是不平。燕云十六州本为中原领土，如今割让给异国变作他乡，北宋使臣途经此地，往往会抒发面对家国屈辱的沉痛忧患之情，自然无法像唐朝诗人那般雄浑豪迈。虽然此时的古北口已属异邦，但是按照地理位置和历史沿革，它位处华北平原北界，正是中原大地的最北端。

因此苏辙在诗里说自己遥想前路旅程的未知，此刻还“身在中原山尽边”，暗藏了对古北口中原身份的认同，以及对其现今归属的不甘。同样的情感，在其二“夷汉封疆自此分”一句里也有体现。论理此时古北口并非宋辽的边界，但苏辙在诗里坚持着走出古北口才是塞外的历史认知，同样对国境现状潜藏着不满与遗憾。

两首同题律诗，其一沉郁，思及自己的身世、家乡的风景和国家的处境，体现出忧心忡忡、前方不定的忧患意识；其二轻快，与同行的同事谈笑风生，一起煮菜煎茶，彼此依靠，共同度过在异乡跋涉的时光。两首诗风格相异，形成互补，但都体现出苏辙对此时身处的古北口及其所在的燕云十六州仍应归属中原的态度。

苏辙同他的父亲、哥哥虽然性格不同，但同样对原则问题毫不退让，对家国如此，对人生如此，对天下百姓亦是如此。这样的处事标准，或许正是他们人格魅力经久不衰的一个重要原因吧。

《古北口》

清·顾炎武

雾灵山上杂花生，山下流泉入塞声。
却恨不逢张少保，碛南犹筑受降城。

张少保：即宋末抗元名将、民族英雄张世杰。

清兵入关、崇祯自缢后，身为复社成员的顾炎武拒不依附清政府，而是积极参与和组织反清活动。后来，他也多次拒绝了清政府的征辟，心知复明已然无望，便将一腔被现实浇凉的热血投入学术考证和游历江山中，由此开启了考据学的严谨治学风气。

顾炎武学识渊博，于典制、天文、河漕、兵农、经史、训诂等多方面都有深入研究，并留存了《日知录》《天下郡国利病书》《肇域志》《音学五书》《韵补正》《金石文字记》《顾亭林诗文集》等各个领域的经典之作，实为不可多得的全才。

由于其特殊的身世经历，顾炎武的诗歌，多有感时伤怀之作。《古北口》便是这样的一首诗。

诗人游历山川，来到古北口，看着附近同属燕山山脉的雾灵山上，不规则地生长着杂色野花。山上的野花，比起园林中精心侍弄的花朵，往往生得更为粗糙、随性和疏狂，却在大山背景的映衬下显出几分可爱和秀气来。

山下的流泉水声潺潺，向着古北口之外的北漠流去，流过山谷的回响传到诗人耳中。眼前实际可见其色的杂花，和山下隐约可闻其声的流泉，色与声，实与虚，近与远，共同构成了读者眼前的景象。

第三句，诗人由眼前转入历史典故的活用。他面对历史雄关古北口，感慨“却恨不逢张少保”。张少保，即宋末抗元名将、民族英雄张世杰，他曾担任检校少保，故称张少保。元军逼近临安时，张世杰一边随小朝廷南下，一边积极抵抗元军，渐渐成为小朝廷中的核心人物。南下途中，元军多次派人招降，被张世杰坚决拒绝——而这样的选择，同顾炎武恰有相通之处。后来张世杰历经苦战，兵败崖山，选择同宋朝王室成员一样坠海自尽，一生为宋王朝效忠，鞠躬尽瘁。

结合顾炎武的身世，他很有可能在隐晦地感慨，只恨曾经的明王朝、古北口，没有迎来张世杰这样能力出众又忠心耿耿的英雄，只好任由塞外的骑兵长驱直入，换了江山。如今紧邻古北口的塞北大漠南陲，那个受降城还在耀武扬威地矗立和被修缮着，作为江山易主的历史证明。

以明朝遗民自居的顾炎武，目睹古北口的此情此景，究竟该有多痛心？他大约有太沉重的心声，却又囿于落人口实的潜在危险，无法将声声字字都付诸笔端，只能点到即止，欲说还休——而这，恰恰另添了一重苦痛。

《古北口》

清·顾陈垿

地险雄关旧，秋临独客惊。
马头悬汉月，山背络秦城。
草带烽烟色，蝉为朔吹声。
舆图正无外，大漠亦神京。

朔：北方。

顾陈垿，清朝官员、学者，康熙五十四年（1715年）举人，其算学名列第一，被称为“算状元”。值得一提的是，顾陈垿虽以算学为最优，但他并不偏科，于诗文亦有不错的成就，甚至在同辈中称得上佼佼者。

在一个秋日，客行此地的诗人独自登上山岗。群山险要，雄关峥嵘，奇崛壮美的自然环境与厚重的历史，共同锤炼出令人肃穆的雄浑与苍凉景象，这是古北口给甫一登临的诗人带来的惊叹。

此刻天朗气清，视野非常开阔，古北口的一切景致都能收入眼底，连细节都纤毫毕现，诗人不禁为它的惊心动魄而震撼不已。

临迹怀古，诗人展开联想：或许多年以前，那些古籍中记载的战火纷飞的年代，辞家的征人跨上战马出发，一路风沙兼程，马头悬着汉时便长明至今的月，月光下的山脊边界映着一线淡金，那里织络着秦时便修筑起来的万里长城。

此句的描绘，颇有照应“秦时明月汉时关”笔法的意味——这一千古名句，可谓是王昌龄以后所有边塞诗人咏怀古迹时绕不开的白月光。我们可以见到不同作品里诸多“秦”与“汉”、“明月”

与“城关”的对应，却又在较为巧妙自然的援引中收获似曾相识的惊喜。

古时弥漫的战火成为边关草木的共同记忆，如今关隘的青草似乎犹带着烽烟的颜色与气息。这样的说法确实属于文学艺术的夸张，但细想起来，草色入秋，本身就带了些许灰黄，诗人将之与古时候的“烽烟色”建立关联，将自然变化与人文历史通过色彩的相似而连接，着实称得上妙笔。

图景有了色彩，还要加上声音方能立体，诗人便营造出秋蝉鸣叫，与边塞凛冽的朔风之声相得益彰。古人认为蝉春生秋死，秋蝉之声意味着生命尽头的挣扎，听来倍感萧索。此情此景，当属凄凉，可这样的氛围实则是为尾联的昂扬而造势。

当年的古战场，如今已经划归为统一的版图，哪怕是在边疆大漠，那里的和平安宁与京城也并无两样。诗人一转之前的怀古与伤感，用今昔的对比表达自己身处太平盛世的自豪。这种源自国家强盛的自信，是大可以抵御自古逢秋那份“悲寂寥”的。

《古北口》

清·纳兰性德

乱山入戟拥孤城，一线人争鸟道行。
地险东西分障塞，云开南北望神京。
新图已入三关志，往事休论十路兵。
都护近来长不调，年年烽火报生平。

都护：中国古代武官名。

古北口位于北京市密云城区以北约45公里处，大致在今天北京市与河北省的北部交界。尽管它早已名声在外，可直到明代修建的长城从此经过，它才正式被纳入长城雄关的版图。

古北口所在的古北道尤为崎岖难行，两侧的山峰极其陡峭，山崖中间紧紧夹着一条狭窄的通道，车辆无法通过，仅能容纳单人匹马穿行其间。若是冬天前行，冰封的路上寒冷易滑，还有冻在沙底的暗冰隐匿潜伏，随时都可能让看不清状况的行人踏上“陷阱”。

故而纳兰性德的《古北口》一开篇，便亮出一股金戈铁马的气势——两侧的群山是“乱山”，仿佛构筑它们的并不是石土草木，而是密密麻麻的枪戟戈矛，拔地而起，连成一片。每一块山石都好似一支矛戟，泛着锋利逼人的冷光，蓄势蛰伏着，好像随时能要人性命。这样的“冷兵器丛林”矗立在两旁，那它们拥护着的孤城古北口，究竟该有多么不凡的气度？

来到这里的行人不得不屏息凝神，迫使自己拆散原本井然的行列，被迫以孤零零的一条由单骑连成的游丝行进，好像随时都会在山间断掉。“一线人争鸟道行”，鸟道便是只有鸟才能通行的道，极言其狭窄险峻、寸步难行，李白《蜀道难》就有“西当太白有鸟道”之语。而要想通过古北口，这一线行人还必须主动迈出步伐，争着蹚过这个天堑。

于大自然的鬼斧神工面前，人的力量是那样渺小，却又如此不可忽视。人与自然对抗间产生的这种惊险却蓬勃的张力，历朝历代都在古北口不断上演。

然而正是这样难以征服的关隘，如今已被纳入国家的新版图。明朝嘉靖年间廖希颜撰写的军事巨著《三关志》，详细记载了山西北部的内长城“外三关”雁门关、宁武关、偏头关的军事分布、地理沿革与历史文化，既是明清两朝兵家所推崇的著作，又有丰厚的文学底蕴，颇得文学家青睐。诗里的《三关志》自然并非实指，诗人借此典故来表达版图的绵延、国境的安定。

曾经古北口的干戈不断，到如今都已成为无人谈论的往事。镇守此地的都护常年不再调动，因为长城的烽火台连年平静，彰显着当下的国泰民安。

极险峻的古北口，历来常与杀伐相伴，令人望而生畏。可在如今平和的时局下，古北口如同被驯服的野兽，只是安安静静地卧在山间，为行路人铺设通道联结南北。这鲜明的对比，背后是国家日益强盛带来的充足底气。

《古北口中秋》

清·曹寅

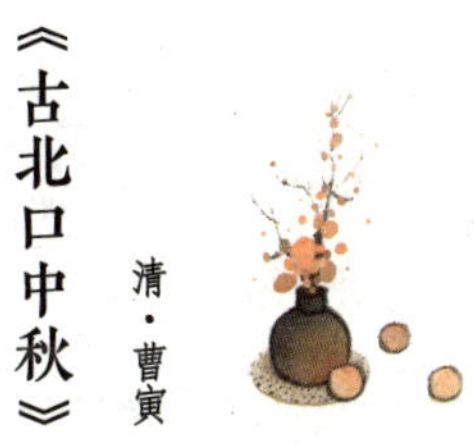

山苍水白卧牛城，三尺黄旗万马鸣。
半夜檀州看秋月，河山表里更分明。

卧牛城：指“牛眠地”，即风水宝地。典故见《晋书·周访传》。
檀州：密云的古称，位于古北口西南侧。

曹寅即曹雪芹的祖父，清朝康熙年间的名臣、皇商。曹寅十六岁便入宫成为康熙的銮仪卫，后移任苏州织造、江宁织造，多次呈递奏折并得到康熙帝的鼓励。史载，康熙帝南巡六次，有四次都在曹寅家落脚而居，其所受信任与器重远超其他的地方督抚。

曹寅一生都效力于康熙，并且一直得到重用。他身处清王朝逐步走向顶峰的上升阶段，同时也亲手将曹家经营至鼎盛，可谓生逢其时、奋发有为。因此，于国于家，他都真情实感地赞颂自身所处的盛世，并将这份情感融入自己的诗文中。

《古北口中秋》便是这样一首能体现曹寅家国自豪的诗。曹寅的诗文造诣，让他的讴歌并不显得生硬造作，而是言之有物、自然流露，让人读来只觉流畅自如。

诗歌首句铺设背景，古北口地理位置优越，依山傍水，扼守峡关，堪称“牛眠”的风水宝地。“牛眠地”典出《晋书·周访传》，东晋名将陶侃尚还一无所有之时，父亲亡故，家人即将选地安葬，忽然家中一头牛不见踪影。一家人出门寻找，遇见一位老伯，老伯称前面有一头牛卧在山间沉眠，那个地方风水极佳，若家中有先人葬在此地，将会福延后代，位极人臣。故而，“牛眠地”便成为风水宝地的代名词。

古北口山苍水白，以苍翠的冷色调为主，恰与后一句中描绘的清廷军队“三尺黄旗”、万马长嘶这般热烈的暖色调场景相得益彰。军队齐整，士气高昂，明黄的旗帜在苍山白水间高高飘扬，仿佛整个古北口因之而激荡沸腾，令人望而振奋。

今日恰逢中秋，夜半时分，朗月高悬。在中秋明亮的满月之下，曹寅再度俯瞰古北口的河山，他看到山和水褪去了白昼原有的色彩，却将轮廓的线条和光影的交错更为清晰地显现出来，“河山表里更分明”，倒有另一番返璞归真的感觉。《左传·僖公二十八年》中，子犯对晋侯形容晋国即“表里河山”，因为晋国外河而内山。后人借此用“表里河山”形容国家的自然屏障，并表示出山河地势的险要。

险峻的古北口拱卫京城，斗志昂扬的清军驻守于此，目睹这一切，诗人对国力强大的称颂和自豪便油然而生，也因此通过寥寥二十八字充分感染了读者。

黄花城

黄花城始建于明景泰四年（1453年），是黄花路的指挥机关驻地。它位于今北京市怀柔区西北约35公里处的九渡河镇黄花城村，因为此城位于黄花镇辖区，故称黄花镇城，现在多称为黄花城。黄花城关地处京师北门，它东望古北口，西有居庸关，北临四海治所，位于多个重要关口之中，具有重要的战略位置。

黄花城是护卫明皇陵“十三陵”的重要门户。它盘旋于山脊，环绕在湖畔，既秀美又壮观。它三季有花，山清水秀，全年都有不同的景致可以赏玩。灏明湖的湖水将黄花镇城的三段长城自然隔断，形成长城戏水、水没古城垣的奇特景观，在国内可谓绝无仅有。城边还留存着明代守城将士辛勤栽种的古板栗园。当年的将士们三分守边，七分垦种，用勤劳的汗水给这里留下宜人的胜迹。此处共有古栗树40余棵，胸径平均在90厘米以上，树龄多超过400年。棵棵古树盘根错节，形态各异，饱经风霜，却仍根深叶茂。

环山护陵、水没长城、古板栗园——黄花城“三绝景”引人入胜。在许多以雄奇险峻著称甚至有些不近人情的长城关隘环伺中，黄花镇城那份舒心宜人的秀美，确乎是独一无二的。

《黄花镇二首》

明·章士雅

天险曾开百二关，黄花古镇暮云间。
平沙不尽胡儿种，绝徼时闻汉使还。
万骑烟尘驱大漠，一宵风雪守天山。
将军莫信封侯易，百战归来鬓已斑。

万里黄云百二关，九陵烟树接群山。
王庭远徙边烽净，征马萧萧白日闲。

百二：以二敌百，喻山河险固之地。
绝徼：形容极远的边塞之地。

这组诗出现在明代蒋一葵撰写的史料笔记《长安客话》中。《长安客话》成书于万历年间，专门记录了蒋一葵实地考察得来的北京地区历史地理、风土人情、文学典故等，文辞特别生动细致。因当时的人们沿用历史习惯，将都城通称为“长安”，故蒋一葵命名此书为“长安客话”。这本书是明代记载北京地区的文献中仅存的几种之一，成为后人重要的参考引用来源。

章士雅是明代人，生平不详，有诗存世。组诗《黄花镇二首》从两个不同的角度展开对黄花镇的抒怀，其一感叹曾经的战火硝烟、征人老去，其二赞美现时的和平安定、群马闲庭信步。一古一今，一壮烈一平和，一悲沉一欣喜，这些截然不同的侧面，将一个鲜活的黄花镇立体地展现了出来。

黄花镇的地形得天独厚、易守难攻，不能不说是大自然鬼斧神工的馈赠。军士处其间，可以轻松以二敌百，故诗人称之“百二关”，也有意与名句中的“百二秦关”形成照应。

日暮与边关可谓一组经典的绝配：风格上，以日暮的宏大萧索作背景，映衬边关自身的浩渺苍凉；色彩上，天空是广阔的橘红与金黄，大地是无垠的沙土之上点缀城砖的灰，色块都是一样的粗疏大气，色调都是那么和谐相融。

平沙茫茫，胡儿与汉使于此处接连登场，在漫长的历史中曾发生过不知多少交流与摩擦。这些纷繁的、沉重的悲欢，一年又一年地相互交叠，又各自熔铸成胡汉彼此今天的模样。

这其中，某个名字湮没在历史长河中的军士，随着军队万骑从家园出发，经历漫长的跋涉，呼吸都充斥着滚滚烟尘，双腿一步步穿过大漠行军至此。某个冬日，他刚结束值班，与荒原、风雪、天山和寂寞的影子相守过又一个长夜。

切莫轻信出关封侯是一件水到渠成的事情，君不见，多少人付出了生命的代价，不过换得籍籍无名地埋骨他乡。侥幸身经百战还活着的人，又有多少直到两鬓斑白，还在发愁归期遥遥不定呢。

现如今，万里黄云依旧，黄花城镇依旧，曾经枯槁的大漠，竟有苍翠的树木长势绵延，营造出望去如烟的视觉效果——原来是连续的和平让它们得以释放生机。如今边关已不再有烽火，不再有大批的征人背井离乡随王师而来。养在此地的征马也能闲庭信步，对着明净的白日浅浅嘶鸣。

征马得闲，多么不易，又多么幸运，古人的征战、今人的经营，为的不就是这份能在天地间自由呼吸的“闲情”吗？

《点绛唇·黄花城早望》

清·纳兰性德

五夜光寒，照来积雪平于栈。
西风何限，自起披衣看。

对此茫茫，不觉成长叹。
何时旦，晓星欲散，飞起平沙雁。

纳兰性德与黄花城的相遇，在一个寂静的隆冬。冷寂的寒夜好一场大雪，一直下得积雪与居所前的木栈道齐平。清幽幽的雪光轻而易举漫入窗台，恰好同心绪满怀的词人打了个照面。西风掀起无限思，看起来天亮以前大约是无法睡下了，词人干脆顶着寒冬披衣起来，去看这黄花城的雪夜和黎明。

天光还未破晓，此时夜色最深，寒意最浓。大雪茫茫，大地万物都被一片新鲜的白净所覆盖，这样的景象让词人目遇良久，不觉发出悠长的叹息。此刻的词人正在思考着什么，是他为身世背负的苦恼，是他不为人知的情思，还是他无从安放的烦忧？我们难以推知全貌，或许深究一个原因也无甚必要了，因为我们依然能身临其境地感受到这份寒夜中独自看雪的沉重寂寥。如此，反倒是不明说的好，留一份空白任由读者去填充、去共情，倒也能达成无声胜有声的奇效。

也不知词人究竟凝望这片无边无际的寂静雪夜多长时间，思绪延伸到了怎样的时空，一个恍然回神，他不禁发问，等了这么久，天色何时才能破晓？没有人回答他，无限的寂寞自四面八方汹涌而来。可偏偏此时，词人看到天边的晓星渐渐沉落，平沙莽莽一样冷硬的雪面深处，有大雁扑打翅膀振翼起飞，划破了一夜凝重的寂寥。这一阕《点绛唇》就此戛然而止，停在一个落雪的长夜终会被曙光点亮的瞬间。

这看似平凡的一瞬给人带来的震撼，却久久不能平息。此时黎明的晓光分明还未出现，天地间仍是浓重的夜色，可启明星和平沙雁的征兆，告诉我们天光很快就来、一定会来，这片荒芜的雪原终将被冬日的暖阳照亮。世间自然规律如此，人生规律同样如此。

全词以白描手法为主，不加修饰，不事渲染，正合了词中所描述的茫茫白雪的特征。词人将自己无穷的、难以道明的思绪寄托在四下一白的雪原之上，借广阔平直的大环境书写幽微复杂的小情感，极具艺术感染力。

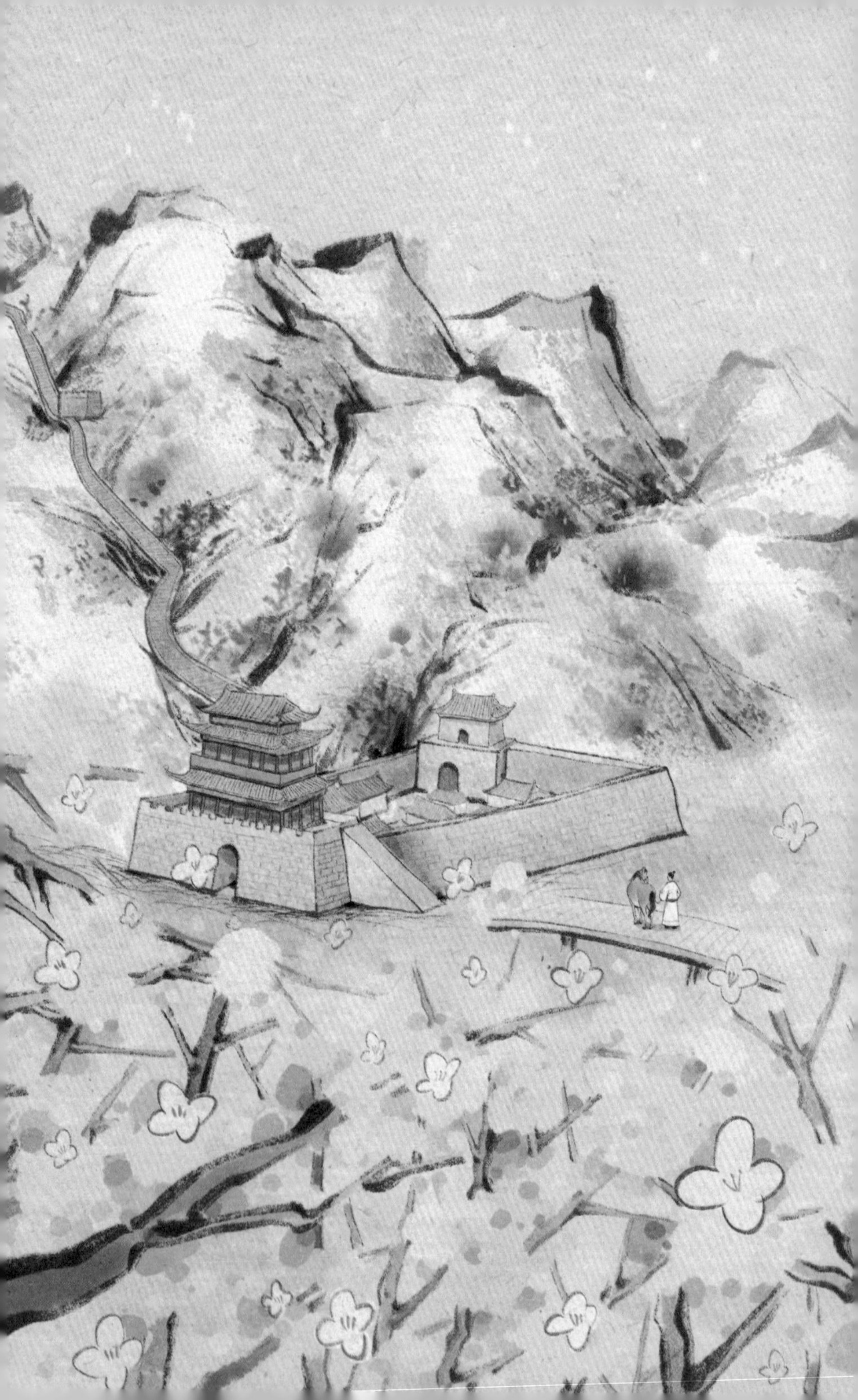

居庸关

居庸关是万里长城最负盛名的关隘之一，位于今北京市西北约46公里处的昌平区南口镇。居庸关建于军都陉中，军都陉是太行山脉西山与燕山山脉军都山的交界处，也是太行八陉中的第八陉，现称为关沟。

关沟有两大山脉耸峙，山势峻急，成为南北之大阻，无怪乎明代大臣倪岳感慨“此景峥嵘真可畏”。居庸关地处内蒙古高原与华北平原的交界地带，出关与入关所见的风景迥然不同，故而徐兰那句“马后桃花马前雪”，引发了多少居庸行人的共鸣。

居庸关有着悠久的历史。早在战国时期，燕国就设置了居庸塞。相传，秦始皇修建长城，迁徙百姓居住于此，取名居庸，意为“徙居庸徒”。贞元元年（1153年），金迁都中都（位于今北京）以后，居庸关的重要性得到增强，它由征收关税的普通关隘，成为守卫京师的北大门。清朝以后，长城内外都被纳入统一的版图，居庸关便不再作为军事设施，而逐渐演变成自然村落。

作为长城的重要关隘，居庸关一直是诗人们着重歌咏的对象，尤其是金朝迁都以后。这些诗作反映了每一个历史时期的社会风貌，也寄托了诗人们的复杂感情。

《出塞》

南朝梁·刘峻

蓟门秋气清，飞将出长城。
绝漠冲风急，交河夜月明。
陷敌摐金鼓，摧锋扬旆旌。
去去无终极，日暮动边声。

蓟门：即居庸关。

陷敌：冲入敌阵。

摐（chuāng）：敲击。

刘峻，字孝标，是南朝梁学者兼文学家，文章善美。他注释刘义庆等编撰的《世说新语》，引证丰富，闻名于当世，亦流传至今。

中国诗歌发展到南北朝，一些诗人开始注重彰显个人独特的风格，而因袭自先秦两汉的集体创作传统依然流行，诗坛呈现出共性创作传统犹在、个性创作萌芽发展的状态。需要注意的是，这两种创作方式并无绝对的优劣之分，终究以诗歌本身的艺术水平作为衡量标准；共性创作虽有可复现、模板化的叙事和抒情，也不乏佳作。刘峻这首《出塞》，便是一首共性创作的诗歌。

《读史方舆纪要》卷十“居庸”引用《唐十道志》：“居庸关亦名蓟门关。”首句“蓟门秋气清”道出了居庸关秋高气爽的好天气。此时已进入秋天，降水减少，空气干燥，能见度大大提高，给人天朗气清的舒畅之感。秋天又是粮食和牧草储量最丰富的时候，马匹和其他牲畜经历了一春一夏的生长，到了秋天，秋膘丰美，身强力壮。因此秋天最宜作战，也是边塞地区战事最频繁之时。

历史上的“飞将军”李广，并未在居庸关留下知名的事迹。然而在模板化叙事的诗歌中，只要能表达出诗人的大致意图，那些惯常使用的经典意象是可以超越客观事实的限制组合在一起的。因此刘峻在诗歌开头渲染秋来战起，用“飞将出长城”即可表明。

将军率领军队横绝沙漠，相伴疾风，披星戴月，夜以继日地奔赴战场，可见战事的紧急。交河位于今天新疆的吐鲁番市，是一座古城。本是距离居庸关太过遥远的地方，不太可能被组合在一起；可这一东一西两个经典地名，一起出现在同一首诗的同一个场景中，恰恰说明对这首诗的阅读不能拘泥于现实，而要将地理和历史的隔阂模糊化，去领会诗歌世界里的表达意图。

军队抵达战场，勇敢冲入敌阵，敲响雄壮的战鼓声，摧折对方的锋刃，扬起我军的旌旗。这份势不可当的魄力，令全诗的基调上升到一个昂扬积极的高潮。可到了尾联，诗人笔锋一转，画面和情感忽转苍凉。

“去去无终极”，打完了这一场战斗，又要紧接着赶往下一个作战的地方。前进、前进，国家战事不休，这征途就似乎永无终极，只有每天日暮按时响起的军旅号角，才让军人们恍惚意识到自己又度过了跋涉征战的一天。

动荡不安的大环境下，小人物身处行军集体之中，同时感受着打下胜仗的兴奋和征战不休的痛苦。诗人用简练明快的语言，将大环境与小人物的命运交织于一体，并真实可感地描摹了出来。

《使青夷军入居庸三首·其一》

唐·高适

匹马行将久，征途去转难。
不知边地别，只讶客衣单。
溪冷泉声苦，山空木叶干。
莫言关塞极，云雪尚漫漫。

青夷军：应当为“清夷军”，唐代一支戍边军队的名称。

唐玄宗天宝九年（750年）秋天，时任河南封丘县尉的高适奉命来到北方，给驻扎在妫川（今北京延庆城内）的清夷军送兵。居庸关在妫川到封丘之间的路上，清夷军则是唐代一支戍边军队的名称。当年年末返回时，高适途经居庸关，有感而发作此组诗。

三首诗各有侧重，共同形成诗人抒发感受的一个整体。

第一首作为组诗的开篇，主要负责铺展背景环境，描摹边地寒冬艰苦、前路迷茫。高适送兵北行时还是秋天，天气尚未真正寒冷，加上有大量兵士同行，也许并未给他带来多少不适。行军路途遥远，等诗人完成送兵任务、独自返回时已入隆冬，边地汹涌的寒潮袭来，让送走了大军孤零零回程的诗人始料未及。竟不知道边地可以严寒至此，那位远行的来客，你身着的衣服居然如此单薄，又怎能抵御这样的气候？

诗人看似站在旁观的视角，对远来的行客充满关怀、发出喟叹，可诗的一开头便告诉我们，这冰冻三尺的茫茫天地间，唯有一人一马踽踽独行，哪里有什么能交流、可关心的对象？原来这所谓的“客”，不过是诗人自己孤单的投射；这所谓的“只讶客衣单”，是对自己正在凛冽寒风中苦熬的自我观照。

李白有“举杯邀明月，对影成三人”，白居易有“抱膝灯前影伴身”，这种自我宽慰式的“有人相伴”，反而比撕心裂肺的诉苦更令人觉出寂寞。这种从旁观照的角度，比直接描绘全身的寒意彻骨更让人感同身受。

溪流冰冷，还有一条不甘心就此凝冻的泉流，在寒冷的挣扎中苦苦呜咽。山色凋零，唯有张牙舞爪的枝干，还颤巍巍挽留着些许尚未落尽的枯叶。无论是听到的水声，还是看到的山色，听觉和视觉都在强调着寒冷——简直有点像音乐里和声的效果一样，这无处不在的冷，竟如此立体和多维。

至此，边地的苦寒、独行的孤单，似乎已被描摹到一种极致，再进行额外的补充或叠加，都显得多余。诗人努力拢一拢衣衫，目光从脚下的居庸关延伸向前，看到茫茫前路依然风雪弥漫，不禁对自己感慨：别以为居庸关这里的苦寒就已经是最艰难的程度了，前方虽是一路向南，但这厚重的云和纷扬的雪可并不会打折扣，回程的路还很长，这个漫长的隆冬还有多少未知的艰险在等着自己？

云雪尚漫漫，让人从眼前的凄寒放眼到未来遥遥无期的冷寂，又隐约带有对自己仕途的迷茫，极大增添了全诗的纵深感。

《使青夷军入居庸三首·其三》

唐·高适

登顿驱征骑，栖迟愧宝刀。
远行今若此，微禄果徒劳。
绝坂水连下，群峰云共高。
自堪成白首，何事一青袍。

登顿：上上下下，指翻山越岭。
栖迟：漂泊失意。

比起组诗第一首的含蓄曲笔，第三首则直白晓畅、直抒胸臆，将心中的愤懑和郁郁不得志一并倾吐。

居庸关坐落在崇山峻岭之间，诗人翻越峡谷，本就需要不停地在山路上颠簸。加上天寒地冻，步履滞涩，行动艰难，哪怕平地出行都实为不易，更何况蜿蜒崎岖的山路。

天宝九年（750年），诗人已经四十七岁，将近知天命的年纪，可依然只在县尉的官职上苦苦挣扎。如今他只身匹马行走在寒冬腊月的山间，虽然事实上他此行有明确的目的地——河南封丘，他担任县尉的地方，可此情此景，总令人心里萦绕着一种“只影向谁去”的迷茫和凄凉。

行路的艰难、野旷的孤独和彻骨的严寒，一重又一重地将他心中的愁思无限放大。他不解，自己的境遇为何潦倒至此；他不甘自己一生的才华，仅仅换得眼下替人跑腿这般无谓的辛苦，还有那点微薄不堪的俸禄。

服装配饰作为个人品行身份与理想追求的象征，早在上古中国就已逐渐成为礼仪传统，并于屈原《离骚》等作品中发扬光大。唐朝崇文又尚武，文人入仕为官，也常常身佩宝剑宝刀，借以体现自己渴望文武双全、有所作为的志向。

可眼下，诗人于居庸关的深山道路上漂泊失意，当年所佩的宝刀依然跟在自己身侧，可当初所许的志向，如今依然遥遥无期，怎能不心生愧疚。

陡峭的山间，水流接连冲刷而下（另一版本作“冰连下”，山间溪水已冻结成冰，依然保留着水流的姿态在绝壁间冲刷直下。二说皆有理，俱存之），群峰拔地而起，试与浓云争高。水流有水流该去的地方，群山有群山应在的高度，环顾四周，再轻抚自己鬓边隐约若现的白发，诗人或许得到了一种暂时的超然：既然在这条路上已经失意至此，为什么还要委屈自己继续留在不合适的位置呢？

青袍，为唐代官员中八、九品所穿服制，白居易著名的诗歌《琵琶行》便提及“江州司马青衫湿”。高适在本组诗的第二首也隐约透露出辞官的想法：“东山足松桂，归去结茅茨”。东晋名士谢安曾经隐居的东山上，松树、桂树已经郁郁葱葱，自己何不也归去编结茅草，过一过自给自足、不被纷扰的基层事务缠身的生活呢？写到组诗最末，高适更直白地表露出“何事一青袍”的心声。

我们联系高适的人生经历和性格特征，联系盛唐时期人们普遍的积极、高昂和自信情绪，可以知道他说这句话并非真的对官场人生失望至极，也并非真心实意想从此归隐。他只是遇到了人生中一个暂时难以迈过的坎儿，尽管因怀才不遇而愤懑不平，他内心深处最渴望的，还是自己退而歇息后可以重整旗鼓，以待来日重新得到赏识重用。

一时失落的阴霾，掩盖不住积极昂扬的人生底色，而这底色既与人的个性有关，又和时代赋予的底气紧密相连。

即使生于一个大有可为的太平盛世，耀眼的金字塔尖下，依然有许许多多默默努力着、挣扎着、迷茫着甚至绝望着的身影——也正是他们，构成了这个时代的芸芸众生。不是每一个选择都能善始善终，不是每一份努力都能开花结果，可种种因果的交错交织，终究展现了每一个大时代之下，人们都在怎样地活。

《出居庸关》

南宋·汪元量

平生爱读书，反被读书误。
今辰出长城，未知死何处。
下马古战场，荆榛莽回互。
群狐正从横，野枭号古树。
黑云满天飞，白日翳复吐。
移时风扬沙，人马俱失路。
踌躇默吞声，聊歌远游赋。

翳（yì）：阴影。

汪元量出生于一个由琴而书的世家，自己也是南宋末年的宫廷琴师，与文天祥交好。他曾用琴声，为那个绮靡的宫廷和懦弱的时代粉饰太平；他也曾目睹一个三百多年的王朝瞬间崩塌，亲历了由宋入元、亡国北上、辗转四方，见证文天祥赴死、少帝西行等记入史册的重大事件。他的一生都深深刻下了王朝覆灭的烙印，留下的许多诗作真实记录了历史，在个人的身世浮沉中成为时代的见证者。

这首诗写于宋亡入元之后一次长途迁徙的途中。彼时汪元量作为侍从跟随宋室三宫，同元军进入燕京，得到了元世祖忽必烈对宋室君臣的多次设宴优待，并受封了翰林供奉这样的闲散虚职。对于入仕新朝的失节行为，他倍感无奈，内心痛苦不已。不久因为传言有人要攻打元王室、营救文天祥，忽必烈对瀛国公（即宋恭帝，被元军俘虏以后，忽必烈封其为瀛国公）心存猜忌，命他与随从迁居到十分遥远的上都，汪元量便在此列中。

此去一行，路途遥远，颠簸不堪，危险重重。刚从居庸关走出长城，一行人便看到了古战场之地一片骇人的蛮荒——荆棘、荒草遍地丛生，互相交错，将本就狭窄的供人行走之路埋在重重棘刺之下。凶悍的群狐和野枭四处纵横，天上和地上都是它们的领地，那些贪婪的目光和锋利的齿爪，蛰伏着等待下一群猎物自投罗网。仿佛在呼应着这一路的艰难，天上狂风翻涌、黑云密布，白日也被笼罩在阴影之中。

风沙弥漫，难以辨别方向，前路迷茫难行。荆棘、野兽、恶劣的天气和迷路的恐慌一同来袭，人类孱弱的生命在这样的困境中变得如此脆弱，生死的界限已然模糊不清。

汪元量是琴师，同时也是读书人，胸中的文墨本来是让他自豪的资本，可当他面对朝不保夕、“未知死何处”的现实，面对自己手无寸铁、只能随波逐流的处境，也只好绝望地呼喊“平生爱读书，反被读书误”。

眼下的境况恰如楚辞《远游》所描绘的，四野蛮荒，鬼神缭乱，凶险异常。那一份源自古老血脉的归属故国的渴望，到了今天更为浓厚。诗人依靠着这份与古人隐隐约约的同病相怜，忍气吞声、彳亍前行。

此时他们才离开居庸关，意味着才刚刚离开平安繁荣的京城，前方还有无比漫长的路要走。这一路的凶险才刚刚开始，且“默吞声”，继续迈向前途未卜的路吧。

《过居庸关》

元·萨都剌

居庸关，山苍苍，关南暑多关北凉。
天门晓开虎豹卧，石鼓昼击云雷张。
关门铸铁半空倚，古来几多壮士死。
草根白骨弃不收，冷雨阴风哭山鬼。
道傍老翁八十馀，短衣白发扶犁锄。
路人立马问前事，犹能历历言丘墟。
夜来芟豆得戈铁，雨蚀风吹半棱折。
色消唯带土花腥，犹是将军战时血。
前年又复铁作门，貔貅万灶如云屯。
生者有功挂六印，死者谁复招孤魂？
居庸关，何峥嵘。
上天胡不呼六丁，驱之海外消甲兵。
男耕女织天下平，千古万古无战争。

芟（shān）：割除。

貔貅（pí xiū）：古代传说中的猛兽，多比喻勇猛的战士。

萨都剌是元朝著名诗人，他的作品贴近生活，文辞或清丽，或雄健。《过居庸关》是他的代表作之一。他的裔孙萨龙光为其编有作品集《雁门集》，其中给这首诗题下注“至顺癸酉岁”，可知这首诗作于元顺帝至顺癸酉年（1333年）。这一年诗人奉命从金陵前往上都（今内蒙古正蓝旗），途经居庸关。在这里，一场持续数月的元朝宗室争夺皇位的“两都之战”，才刚刚结束。

居庸关群山苍翠，一关间隔了大都与塞北。诗人由南向北走过关塞，明显有一种从繁华到蛮荒、从热闹到萧条的感觉，近乎一瞬穿越了时空。诗人仰望关隘，雄关峥嵘，犹如南天之门在晨光破晓里向自己洞开。两侧的青山犹如守门的虎豹，虽是保持匍匐静卧的姿态，却蛰伏着不可忽视的力量。山石又像轰隆的战鼓，那积蓄的气势，仿佛一敲就能在白昼招来浓云和惊雷。有天堑如此，自然兵家必争。

诗人笔锋一转，由天堑写到民生，“古来几多壮士死”，刚刚发生的这场宗室内部争权夺位的战争，居庸关便是其中重要的战场。这样的战争并非抵御外敌的正当防卫，而是同根相争、骨肉残杀，还使国运动荡，殃及了大片江山和百姓，可以说是一场不义之战。正是这场战争，让许多人在此化为无人收尸的白骨。

中国人历来注重死后的体面，“事死者，如事生”，而今因一场莫名的不义之战，多少士兵抛尸荒野，只能成为孤魂野鬼，无法轮回转世——这真是最凄惨的境况了。塞外的凄风冷雨，仿佛都在为这些山上的幽魂哭泣。作者营造出一种荒凉可怖的氛围，衬托出普通人在乱世中身不由己的凄苦。

道旁一位八十余岁的老者，依然亲自下田耕种。我们可以推想，这个家庭在这场战争中变得怎样支离破碎，才会让老人不得不拿着犁锄下地耕田。过路人停下马，问起之前居庸关一带战争的境况，因为事情没过去多久，老人的伤痛记忆犹新，还能清晰地历数一座座战场的丘墟。他说自己夜来收割豆子，从土地里挖出了残余的兵器，雨打风吹让它折损褪色，那和着土的血腥味却仍清晰可闻。前年又运来铁矿修筑城门，军队像勇猛的貔貅过境，军灶炊烟如云，下一场战争似乎即将到来。

可是啊，战争满足了上位者的征服欲，给他们带来功业名声、万贯家财，又给平民百姓带来些什么呢？死去的化作孤魂野鬼，哭声不绝；活着的家破人亡，担负沉重的伤痛。

一将功成万骨枯，苍天呵，你若怜悯芸芸众生，何不唤来传说中的六丁力士，将这居庸关挪往海外，让战争远离中土？

诗人仰天发出祈愿，唯愿“男耕女织天下平，千古万古无战争”。其反战之坚决、心怀天下之悲悯，大约可同“诗圣”杜甫相类。

《居庸道中》

明·倪岳

浮云出没翠微中，淡紫深青远近同。
此景峥嵘真可畏，愁怀郁郁正无穷。

峥嵘：形容山的高峻突兀。

倪岳，字舜咨，明代应天府上元（今江苏南京）人，祖籍浙江钱塘（今浙江杭州）。他是南京礼部尚书倪谦之子，好学能文，通晓经世之务，官至吏部尚书，著有《青溪漫稿》。《明史》记载，他“状貌魁岸，风采严峻，善断大事”，每每朝廷众人商议国事，倪岳都能三言两语做出合理的决断，令他人心悦诚服。

这首诗也呈现出倪岳言语简练、要言不烦的特点。行走在居庸关道之中，倪岳仰望峡谷，看到关道两旁山峰高耸、直插天际，袅袅浮云萦绕山间，于苍翠的山林里穿梭出没，时隐时现。

“翠微”作形容词意，本就是“青翠缥缈的山色”，明代陈仁锡《潜确居类书》解释说，“凡山远望之则翠，近之则翠渐微，故山色曰翠微。”在不少古诗里也有运用，如李白《下终南山过斛斯山人宿置酒》中的“却顾所来径，苍苍横翠微”，杜甫《秋兴八首·其三》中的“千家山郭静朝晖，日日江楼坐翠微”等。

我们平时遥望远山，在空气对可见光的过滤作用下，会觉得远山呈现淡蓝，而非近看所见的翠绿。居庸关道里，山谷树木年岁久远，故而茂密苍翠；又因两旁高耸的山峰阻挡，阳光无法将这里照得敞亮，大约有“重峦叠嶂，隐天蔽日”之感。因而，诗中所说的“淡紫”“深青”，既是有限的阳光在茂密深林里呈现的光影效果，也营造出一种深邃、幽远的氛围。

居庸关的山色堪称有种险峻峥嵘的壮美，再联想它极为重要的军事地位，不禁让诗人直叹“真可畏”。

倪岳是明代大臣，职责范围包括掌管军政，他一定熟知在他所处时代往前一百多年，忽必烈便是从这里进入京城，建立了元朝。我们后人通过历史也可以预见，在倪岳之后的一百多年，闯王李自成也将从这里直击北京，势不可当，明代最后一任帝王崇祯皇帝由此自尽。

倪岳目睹此情此景，感慨自己满心的愁怀正如这蓊蓊郁郁的山色，无穷无尽地蔓延。他虽未明说这愁从何而来，我们也可以大致感知一二。人在凝望大自然的鬼斧神工时，会本能地心生一种旷远的悲凉。而倪岳本人熟悉军务，理性的加持更会令这份忧心只增不减，让他的思虑绵延不绝。

《出居庸关》

清·朱彝尊

居庸关上子规啼，饮马流泉落日低。
雨雪自飞千嶂外，榆林只隔数峰西。

子规：杜鹃鸟。

朱彝尊，字锡鬯，浙江秀水（今浙江嘉兴）人，清代著名学者、词人和藏书家。

于学术，他博通经史，参加纂修《明史》。于文学，他是浙西词派的开创者，与纳兰性德、陈维崧并称“清词三大家”。于藏书，他不遗余力寻购各类古籍图书，藏于自己的居所“曝书亭”，并精通金石文献，著有《曝书亭集》《日下旧闻》等。

朱彝尊还身体力行实践了“读万卷书，行万里路”，他早年于仕途无意，从36岁开始游历四方，十余年间，他让祖国大江南北的风光和浩瀚历史成为自己不惑之年的底色。这首《出居庸关》应作于此时，并收入《曝书亭集》中。

子规，即杜鹃鸟，因其春夏之际不断啼鸣，张开嘴时整个口腔均为鲜红色，故而引发人们“杜鹃啼血”的联想，让本就悠长的叫声听来更加凄凉、哀婉。由此，杜鹃的鸣叫被赋予蜀国望帝的传说，文人骚客亦将种种深重的忧思寄托于此。这一原本普通的季节风物，也因此成为中国古代传统里一个经典的文化要素。

朱彝尊登上居庸关，听到子规的啼鸣在山中回荡，这样的声色图景，哪怕只有基本感知力的人见了都会心动，更何况饱读诗书的朱彝尊呢？

打马登山至高处，颇有点《诗经·卷耳》里“陟彼高冈，我马玄黄”的意味。诗人让马儿来到山间流泉旁饮水歇息，他自己也终于能全心全意饱览关隘的风光。此时他身居高处，看到落日低垂慢慢贴近地平线，那幅知名的边塞画面“长河落日圆”正在眼前真实上演，其视野之开阔、心怀之舒畅可想而知。

杜鹃啼鸣的季节，中原大地虽已春深，塞外却应该仍然处于冬寒。诗人展开联想：在落日掩映下，重重叠叠的千嶂之外，大约仍是“雪花大如席”“千树万树梨花开”的塞外景象吧。诗人面对西边的落日再次畅想：那从居庸关纵马一日疾行方可抵达的榆林堡，不过在自己与这夕阳之间，也就隔着数座山峦而已——仿佛这漫长的距离，在天地之间变得渺小了，变得触手可及。

这句固然是一种缩短了距离的夸张，是一句不合常理的“大话”，可诗歌的世界恰恰有它不同于现实的逻辑，偏是这种“不讲理”才有意思，才能更充分地体现出诗人登高望远的自在与舒心来。

《百字令·度居庸关》

清·朱彝尊

崇墉积翠，望关门一线，似悬檐溜。
瘦马登登愁径滑，何况新霜时候？
画鼓无声，朱旗卷尽，惟剩萧萧柳。
薄寒渐甚，征袍明日添又？

谁放十万黄巾，丸泥不闭，直入车厢口。
十二园陵风雨暗，响遍哀鸿离兽。
旧事惊心，长途望眼，寂寞闲亭堠。
当年锁钥，董龙真是鸡狗。

朱彝尊出生于明朝崇祯二年（1629年），于少年时期经历了明王朝覆灭、清王朝建立那段改朝换代的历史。许是年少的见证过于刻骨铭心，很长一段时间内，朱彝尊博览群书、才学过人，却迟迟不去参加科举考试。对于王朝的兴衰，他有切身的体验，又有丰厚的学识积淀作支撑，因此感悟尤多。通过这首《百字令·度居庸关》，我们可以试窥一二。

“燕京八景”之一的“居庸叠翠”，在崇山峻岭间铺展开来。从山下仰望，居庸关的关门，被两侧群山挤在狭窄的一线天上，仿佛高悬在屋檐檐沟上的一柱冰滴。此语源自韩愈的《南山诗》“峻涂拖长冰，直上若悬溜”，韩愈作诗本就崇尚奇险诡谲，令人读之心惊，此处朱彝尊将诗句化入词中，古为今用，也正好准确描摹出居庸关险峻的特点。

在此山衬托下，单骑登山的词人只觉自己胯下的马瘦弱不堪，每一步都颤颤巍巍，随时可能滑落，让他不由得心惊胆战。何况此时正是新霜初结，山路冰冷湿滑，更增添了凶险与担忧。险峻难行，此为愁之一；瘦马不堪，此为愁之二；新霜时候，此为愁之三。如此层层递进和叠加，让人不禁为词人此次居庸关的登山之行捏了一把汗。

天气渐冷，彩绘的战鼓已经滞涩得没了声响，朱红的旗帜在寒风中收敛卷尽，只剩下萧条的柳枝孤独地飘荡。深秋时节，寒意渐重，明日大约又要添衣了。

比词人境况更加凶险的，是那曾在居庸关上演的历史战局。此时的朱彝尊在身份认同上，依然将自己定位成明王朝的遗民，故而他来到此地，历历在目的是当年闯王李自成从居庸关进京的过往。

面对天堑一般的居庸关，李自成却能“东捣居庸，长驱京邑”，究其根本，是明王室积弱难返、守将无能，最终葬送了江山。词人借东汉的黄巾起义军代指李自成军队，将居庸关的易守难攻夸大为“封一泥丸可守”——可明明坐拥这样的优势，还偏让敌方将领毫无障碍地直捣黄龙，真是荒诞讽刺到了极点。闯王进京，天翻地覆，原本繁华的京城哀鸿遍野，连埋葬着历任帝王的皇陵都不得安宁。

“旧事惊心”，词人一笔将高度浓缩的历史悲剧挽结。他展望当下，长路晦暗，前途沉寂，那些昏庸的守关人曾待过的亭堠还立在路的两旁。当年董卓败于黄巾军，如今明将败给李自成，白丢了大好江山，当得起一句“真是鸡狗”的谩骂。

攀登居庸关，朱彝尊睹景抒怀，对历史充满深切的思考。这首词的写景与怀古、用典与现实、自身境遇和历史反思，彼此都能圆融一体，达到了很高的艺术成就，不愧为历代选家所推崇。

《清平乐·弹琴峡题壁》

清·纳兰性德

泠泠彻夜，谁是知音者。
如梦前朝何处也，一曲边愁难写。

极天关塞云中，人随落雁西风。
唤取红襟翠袖，莫教泪洒英雄。

泠泠：形容声音清越。

康熙十五年（1676年）十月，二十三岁的纳兰性德途经弹琴峡，生发古今之感，作这首词题于石壁上。据《大清一统志·顺天府》记载："弹琴峡，在昌平州西北居庸关内，水流石罅，声若弹琴。"

纳兰性德出身尊贵，饱读诗书又文武兼修，年纪轻轻便中了进士。更难能可贵的是，他身上甚少贵族子弟的傲慢，是个待人真诚、心思细腻的性情中人。他的词受花间词派、李煜、晏几道等人影响，再加上自己对景、事、情、理独具匠心的体察入微，自成一派，被誉为"满清第一词人"。

弹琴峡泠泠的水声，仿佛山间弹奏《高山流水》的俞伯牙，用琴曲期盼着可以共情的知音。一个宁静的夜晚，配合潺潺水声，博学又感性的词人打马行经这里，耳、目与那琴声一样的涧水相接，一瞬间，词人的心绪与居庸关的一山一石、一水一木融作一体，都成为历史兴亡的无声见证。

那些史书上的波澜壮阔，那些不被记载的平凡岁月，都曾在这里真切地发生过吗？是的吧，可到如今，又有谁，去哪里，能寻觅到它们存在的证明？如此看来，前朝种种，都如同已然逝去的梦。

既是抒发古今之叹，词人便巧妙化用两位先贤的名句，从景过渡到情，为自己抒发感怀。“极天关塞云中，人随落雁西风”，暗中呼应杜甫《秋兴八首·其七》“关塞极天唯鸟道，江湖满地一渔翁”之句，在寥廓的关塞云天里极目远眺，惟余莽莽，只有大雁西风相伴，那是一种亘古的空旷与无限的微茫。

最后两句明显借用辛弃疾《水龙吟·登建康赏心亭》中的“倩何人唤取，红巾翠袖，揾英雄泪”，借辛词中不被理解的英雄末路、壮志难酬，来为古今天下英雄一叹。词人连用唐宋两位大家的名篇名句，却丝毫不显斧凿痕迹，反而浑然一体，既贴合了咏古抒怀的需要，又新颖地表达出自己的所思。

在纳兰与杜甫、辛弃疾隔着时空的呼应中，我们亦能读出别样的味道。

《出居庸关》

清・徐兰

将军此去必封侯，士卒何心肯逗留。
马后桃花马前雪，出关争得不回头？

争得：怎么能。

徐兰作诗，喜好奇绝之语，用得却并不穿凿晦涩，反而流畅自然，常称得上全诗的点睛之笔，令人印象深刻。清朝学者、诗人沈德潜在《清诗别裁》评价这首《出居庸关》："眼前语便是奇绝语，几于万口流传。此唐人边塞诗未曾到者。"

前两句运用了互文手法，将军和士卒共同行军奔赴沙场，因为相信着此去定将建立功勋，他们意气高昂，步履轻快，丝毫不肯逗留不前。世间的成败本没有定数，论理不存在还未开始就已知胜利的战争；可当家国命运与个人前程紧密相连之时，个体和团队可以迸发的力量往往惊人，时常远超世人的普遍认知。

这首诗最为人称道的"奇绝语"便是这第三句"马后桃花马前雪"。桃花，春天最鲜妍美好的象征，既有"桃之夭夭，灼灼其华"的红颜正盛，也有"芳草鲜美，落英缤纷"的安宁怡然。白雪，隆冬最纯洁寒冷的代表，有"今我来思，雨雪霏霏"的悲伤凄苦，也有"落了片白茫茫大地真干净"的寂寞空明。

人的思想意念要转换成语言文字，本就存在着表达的折损和效果的差距，无法做到完美贴合。而诗歌作为一种严格限定字数、韵脚、平仄范式的文体，更是对语言的概括性和美感要求很高。幸好，诗的意象可以尽力将这条鸿沟弥补，它以生动而凝练的象征意义，达成诗人与读者的神思共鸣，引领读者通过领悟和联想，将诗文词句与作者丰富的情意连接，达到"言有尽，意无穷"的效果。

在这里，本该一往无前的将士们通过居庸关出塞，马后是旖旎的大好春光、平凡的流水人家，马前是皑皑的未融积雪、颠沛流离的战场生活，这一前一后鲜明强烈的对比，极端地聚焦在居庸关这么一个小小的关隘上。前方是未知的凶险，身后是熟稔的故乡，向前一步，天翻地覆，怎能让人不心生柔情、不回首顾盼呢？

然而我们亦知，这刹那的回首、瞬间的柔情，不仅不改英雄本色，还恰恰给英雄增添了属于人的那份真实情味。正是明知不舍却依然向前的人才更值得敬重，正是在可以放弃、安逸之时选择拼搏的人才更值得推崇。将士们奔赴白雪，正是为了更好守护身后的桃花万重，让自己在铁血沙场中得到淬炼，成为无愧于天地的大丈夫。

沈德潜在《清诗别裁》中将此诗改题为《出关》，把前两句改成“凭山俯海古边州，旆影风翻见戍楼”。艺术效果虽好，但似有两点不妥：一是，此诗乃徐兰随军出居庸关所作，沈德潜将之改为“凭山俯海”的山海关，不贴合写作背景；二是，沈改版的前两句极力描绘出关的庄严气势，却紧接徐兰体现塞外蛮荒的“马前雪”，不如原版聚焦平凡人物心理变化的衔接那般自然。

读者可将两者自行对比，若能咂摸出自己的思考，便另是一种读诗的趣味了。

《过昌平城望居庸关》

清·康有为

城堞逶迤万柳红，西山岧嵽霁明虹。
云垂大野鹰盘势，地展平原骏走风。
永夜驼铃传塞上，极天树影递关东。
时平堡堠生青草，欲出军都吊鬼雄。

岧嵽（tiáo dì）：同“迢递”，遥远貌。

光绪十四年（1888年）夏，康有为再次赴北京参加顺天乡试。这一年，他第一次上书光绪帝请求变法，受阻未能上达。应考期间，他游览京城名胜古迹，包括明十三陵、居庸关、八达岭等，“得诗数十章”，这首诗便是其中之一。

居庸关的塞上风光，在康有为的笔下，呈现得层次分明、境界宏阔。诗人先着眼近景，看到城堞逶迤，红柳点缀，西山迢递，彩虹高悬。城堞，即长城墙上连绵不断、极具特色的齿状矮墙，随长城蜿蜒数千里，极大便利了士兵观察和射击，并为之提供掩护。

从昌平城到居庸关、八达岭，沿途种满了塞上的“特产”红柳。红柳树皮鲜红，星星点点地点缀在苍翠的居庸关、八达岭各处，颜色对比鲜明，相映成趣，煞是好看。

诗人又向西望去，看到隶属太行山脉的北京西山一带，千峰绵延，此时正是雨后初晴，一道彩虹高架云天。放眼所见，整个画面内容丰富，色彩鲜明，既有充分的线条感（长城、西山、彩虹），又缀以多姿多彩的点状风物（城堞、红柳），好一幅趣味盎然的风景画。

诗人再极目远眺，将平面的塞上风光拓展到立体的维度。夕阳西下，暮云低垂，广阔的原野好似无边无际，上有苍鹰盘旋，下有骏马疾驰，空间仿佛得到无尽的延展。他展开联想，想到居庸关过往悠长时光里的漫漫长夜，应曾有无数从西域远道而来的驼铃绵延不绝；自一重一重的树影向东展望，视线所不及的遥远东方，是我们的东部边疆——而此时康有为效力的清王朝，正是从关东那边的女真族兴起和壮大的。在诗人的远眺和联想中，眼前的居庸关风光得到了空间和时间的双重延伸，读来颇增意趣。

太平已久，自诩“天朝上国”的全盛时期已然逝去，朝局的隐患渐渐浮出。康有为立志此生于国有为，当他看到居庸关的堡垒生出荒草，便由这一细节意识到朝中并不重视边塞的防御，并为此忧心不已。

光绪十四年的夏秋之交，居庸关上，一个一心为国、有远见卓识和大局观的青年打马走过，此时的他虽还是一介布衣，我们却可从中一窥他将来在那场救亡图存的变法革新中崭露头角、青史留名的英姿。此时此刻，他要单骑踏过居庸关走到塞外，为过往无数守国开疆的英灵鬼雄吊唁。

八达岭

明代《长安客话》记载，长城行至八达岭，“路从此分，四通八达，故名八达岭，是关山最高者”。八达岭高居居庸关关沟的北口，这里地势高耸，两峰夹峙，一道中开，而以北口为最高点。站在八达岭居高临下，可见山川雄伟，长城逶迤，北可通达塞外，南可直入昌平；下视居庸关，如建瓴，如窥井，故而有“居庸之险，不在关城，而在八达岭”之说。

八达岭其名，最早见于金代诗人刘迎的长诗《晚到八达岭下达旦乃上》和《出八达岭》。据《史记》记载和文物工作者普查，八达岭一带早在战国就有长城了，而今仍见残墙、墩台的遗存，其走向与明长城大体一致。明代从朱元璋起十分重视加固边防，派大将军徐达、冯胜等率军在北方筑关制塞，修筑长城，加紧练兵屯田，以防元残余势力南侵。

如今我们所见的八达岭明长城，是万里长城保存最完整的一段，它由此成为全国重点文物保护单位，并被联合国教科文组织列入《世界文化遗产名录》。“不到长城非好汉”，毛泽东所题诗句是八达岭长城一个闪亮的标签。迄今为止，已有包括尼克松、撒切尔夫人等在内的三百多位世界知名人士登上八达岭，饱览这一片壮丽河山。

《出八达岭》

金·刘迎

山险略已出，弥望尽荒坡。
风土日渐殊，气象微沙陀。
我老倦行役，驰车此经过。
时节春已夏，土寒地无禾。
行路不肯留，奈此居人何？
作诗无佳语，以代劳者歌。

刘迎活跃在金代中叶的大定年间，这个时候的南宋与金王朝相互妥协，双方维持着和平安定的局面，经济得到复苏、趋向繁荣。

刘迎于金世宗大定十三年（1173年），以荐书对策成为当时第一，次年登进士第，颇受世宗次子允恭的亲重。刘迎为当时的兴盛留下了不少称颂的文辞，同时也积极关注民生疾苦，揭示了不少潜藏在繁华表相之下的社会矛盾。

万里长城的东部一段在刘迎那个时代，是全然属于金王朝领土的，因此许多曾经的军事关隘得以短暂远离战火，论理应该有难得的机会去休养生息。可刚踏出八达岭的刘迎，看到的却是另外一番景象：极目远望，尽是荒坡，风沙灰土日日不息，荒凉的原野被黄沙覆盖，哪里还有一点适宜人居的模样?

八达岭位处居庸关以北仅十余公里处，是环绕京城的山脉向北通往今内蒙古一带的出口。诗人自南向北，刚刚见证了都城的繁华，一走出山口猛然触及的便是这般荒芜的情景——一山之隔，对比却是如此悬殊，怎不令人心惊神伤。这份沉甸甸的情感，压得年事已高又刚刚历经险关的诗人倍感疲倦，他用浑浊的双眼打量四野，明明处于春夏之交，正值小麦繁茂之时，此地竟然连一点禾苗的影子都没有，了无生气的土壤透出边关经久不散的寒气，也弥漫着砭骨的穷困凄凉。

诗人心中感慨，自己不过是驱车途经的行人，尚且不愿意在这个地方多一刻停留，那些常年居住于此地的普通老百姓，又该如何度过这漫长而颗粒无收的荒芜春秋？

思及此，诗人那份或许正在酝酿的登临雄关的豪情瞬间烟消云散，他抛却自己本也擅长的雄词佳句，改用直白质朴的文辞，将眼前的所见所感进行不加藻饰地素描。

由此，在八达岭下，我们得以见证这别具一格的诗篇。它不叹恢宏，不叙历史，不歌功颂德，不粉饰太平，只有毫无掩饰的民生疾苦和一颗蓬勃跳动的关怀众生之心。

《自青龙岭踰长城，登八达岭放歌》

清·洪繻

阴山、祁连安在哉，我从绝顶登天台。
万骑胡儿今不见，万山叠叠东西来。
东望临榆负山海，西望恒岳飞尘埃。
太行、蓟邱挟两腋，匀注井陉如累垓。
秦皇、汉武多边才，能隔大漠寻蓬莱。
起自临洮至辽东，长城万里蒙恬开。
高齐幽州事徘徊，缮治长城下口隈。
我在岭头一俯视，荒荒莽莽红叶堆。
南下倒马关，北上飞狐口。
密云山如虎豹临，桑乾河作龙蛇走。
此岭嵯峨镇域中，插天疑有鬼神守。
岭外大野浩茫茫，岭内连山峰陡陡。
峰嶂虽逼天，陉谷若开牖，北门锁钥长在手。
呜呼谁能从军赴沙碛，南北东西此枢纽！

洪繻，清末至民国年间台湾著名古典诗人，出生于1866年，这时的中国已然在半殖民地半封建的泥淖中挣扎了约莫二十年。洪繻本名一枝，字月樵，1895年甲午战争失败，台湾被迫割让给日本，他便改名为繻，字弃生，并以文人身份响应唐景崧的抗日活动。洪繻将自己的文集都冠名“寄鹤斋”，承载着他深沉的寄托。

纵观洪繻行迹，这首诗当写于1922年他携儿子渡过海峡游览大陆，并送儿子进京赶考之际。后来其子考入北京大学，次年洪繻便从福建返回台湾。此时清王朝已灭亡了十年左右，洪繻也已处于人生的晚年，他目睹过中国大地千年以来一场最剧烈的震荡，而且直到生命尽头也没有看到层出不穷的变革的终局。

这一回他从青龙岭出发，跨越古老的万里长城，登上京城北边的八达岭，眺望天地，缅怀古今。也许是登临胜景的快意，加上送子赶考的信心，让他收获了久违的豪情，不由得一吐为快。

阴山在北，祁连在西，与八达岭都相隔了千里，绝非登高凭肉眼可见。诗人“我”登上高耸的八达岭，眺望北方平沙莽莽的荒原，视线仿佛可以延伸到那样遥远的地方。第一句的空间得以大范围延展，下一句又紧接时间的维度，引入历史上的“万骑胡儿”，一个“今不见”引出今昔的不同，再一句“万山叠叠东西来”将动势赋予静态的群山，道出物是人非之感。

诗歌起势境界阔大，颇有李白《将进酒》“君不见黄河之水天上来”和“君不见高堂明镜悲白发”的意味。值得一提的是，洪繻本人非常推崇李白，也不乏模仿李白的诗文。

此后半篇的内容皆是对起句的延伸，对八达岭长城相关的时间与空间信息的拓展：往东至极是山海关与渤海，往西是高耸的北岳恒山，其间有太行、蓟邱，中间夹杂了诸多沟壑与道路；曾有秦皇汉武东寻仙方，有蒙恬开长城，到北齐又加以修筑。如今“我”站在这些历史陈迹之所在，看到天地莽莽，看到密云山如虎豹匍匐，桑干河如龙蛇游走。这一切，都在巍峨的八达岭镇守之下，让人不禁展开想象，猜测峰峦之巅高耸入云，是否有鬼神之力的加持呢？

峰嶂虽逼天，从居庸关到八达岭的这一路，却好像门户和窗扉直通京城。这道北门的锁钥，理当牢牢掌握在中国人自己手中。可如今时局动荡，究竟谁能通过八达岭奔赴沙场，还天下太平呢？如若时势造就了当代的英雄，那么八达岭这道天堑的枢纽，将毫无阻拦地为他们而敞开。

紫荆关

紫荆关位于河北易县西北的紫荆岭上，关城依山傍水、群山环峙，有“一夫当关，万夫莫开”之险。紫荆关坐落于由河北平原进入太行的要道之一蒲阴陉，为太行八陉第七陉，和第六陉飞狐口、第八陉军都陉形成一道坚固的防线和屏障，共同拱卫京城。

“枕弓头印月，卧甲臂生鳞”，从明代屈仲舒这首《镇守紫荆关作》，可以看到即便是王朝大一统的和平时期，将领们对紫荆关的防守也丝毫没有放松。

紫荆关始建于战国时期，和飞狐口皆是大名鼎鼎的古战场，兵家必争的军事重地。纵观历史，发生在这一带的战事不胜枚举：东汉光武帝刘秀曾派马援出兵，在紫荆迎击乌桓；元太祖铁木真曾取道紫荆关，大败金兵；明末李自成也曾在紫荆关举兵，攻陷关城……“关头画角锁残霜，十万奇兵易水傍”，明代诗人王世贞的《寄紫荆龚都督二绝》，仿佛带我们回到那个烽火连天的紫荆关。

《咏霍将军北伐》

南朝梁·虞羲

拥旄为汉将，汗马出长城。
长城地势险，万里与云平。
凉秋八九月，虏骑入幽并。
飞狐白日晚，瀚海愁云生。
羽书时断绝，刁斗昼夜惊。
乘墉挥宝剑，蔽日引高旍。
云屯七萃士，鱼丽六郡兵。
胡笳关下思，羌笛陇头鸣。
骨都先自詟，日逐次亡精。
玉门罢斥候，甲第始修营。
位登万庾积，功立百行成。

天长地自久，人道有亏盈。
未穷激楚乐，已见高台倾。
当令麟阁上，千载有雄名。

拥旄：旄，古代用牦牛尾装饰的旗子。拥旄，借指统率军队。

飞狐：要隘名，今河北蔚县东南恒山峡谷口之北口。

七萃士：周天子的禁卫军，后泛指天子的禁卫军或精锐部队。

鱼丽：即鱼丽阵，古代车战的一种阵法。

骨都：骨都侯，汉时匈奴官名。

詟：“慑”的异体字，恐惧。

日逐：匈奴王号，后也泛称古代北方少数民族首领。

甲第：旧时王侯贵族的府第。

激楚：楚国乐曲名。

中国自古以来就是一个多民族并存的国家，在中原民族与其他民族交界的边境地区，民族的交流与融合时时上演，但争夺、杀戮与战争也是相当频繁。

秦汉时期，中原人民在边境地区最大的威胁和最强的对手非匈奴莫属。秦始皇统一六国之后，为了抵御匈奴入侵，派蒙恬修筑长城，使得“胡人不敢南下而牧马”；汉初匈奴卷土重来，不断南下占领了秦时已有土地，势力渐大。高祖刘邦亲率三十万大军迎击匈奴，最终因轻敌冒进，以兵败被困白登山告终，在以后相当长的一段时期里，汉朝对匈奴采取以“和亲”为主的妥协政策。

这种局面直到汉武帝时才真正得到扭转，武帝时经济发展、国力强盛，对匈奴采取积极抵御、主动出击的政策，经过漠南、河西、漠北三次大战，匈奴在漠南的势力土崩瓦解，逐渐走向衰落。而在武帝平定匈奴的系列作战中，起到至关重要作用的领军人物之一，就是这首诗中吟咏的主人公霍将军——霍去病。

霍去病出身低微，他年少时便“善骑射”，17岁被任命为骠姚校尉，两次随卫青击匈奴于漠南，斩获敌军两千余人，受封冠军侯，19岁被封骠骑将军，指挥两次河西之战。霍去病用兵不拘古法，常常因地制宜，孤军深入，歼灭和招降河西匈奴近十万人，大大削弱了匈奴的势力，解除了匈奴对汉王朝的威胁。

这首诗就是以霍去病的英勇事迹为依据，塑造了一个威风赫赫、骁勇善战的将军和英雄形象。从诗题“北伐”以及诗中“飞狐”等地名来看，本诗所写战争似乎指的是元狩四年（公元前119年）的漠北之战，此战中霍去病率军北进两千多里，大败匈奴，在狼居胥山（今蒙古肯特山）举行了祭天封礼，此战后，匈奴的势力大大削弱，从此“漠南无王庭”。不过，从诗歌整体来看，未必确指某一场战役，而是霍去病无数次出生入死、保家卫国的缩影。

诗歌首句平地一声起，“拥旄为汉将，汗马出长城”，一位将军骑着汗血宝马，率领千军万马奔赴战场的壮阔场景呼之欲出，紧接着采用了烘托与对比的手法，通过对环境和军情的描写，渲染出边地的险要和军情的紧急——那万里长城巍峨险矗，与云齐平，八九月间正是草黄马肥，匈奴的骑兵已经侵入幽州和并州。

军中文书时时断绝，从侧面说明形势紧急，敌军来势汹汹切断我军内部联系，行军中兵士时时有如惊弓之鸟，听到刁斗的更声以为敌军来袭，草木皆兵。此时的将军却是临危不乱，只见他登上城墙，长剑一挥，勇士屯集，云者四应，挥舞军旗遮天蔽日，排兵布阵有条不紊，“乘墉挥宝剑”以下四句描写将军指挥军士作战，其从容不迫、有勇有谋的形象跃然纸上。

对于两军交战，诗歌并未正面着笔，也没有花费过多的笔墨去渲染，一句“骨都先自詟，日逐次亡精”将匈奴首领闻风丧胆、不堪一击描写出来，对比之下更突出汉军所向披靡。“玉门罢斥候”句写平定边关后，朝廷论功行赏之事。

据《史记》记载，汉武帝曾为霍去病修建过一座豪华的府邸，霍去病却断然拒绝，说：“匈奴未灭，何以家为？”诗人感叹，霍将军虽战功赫赫，却不居功自傲，不以功名利禄为念，心系家国天下，可如此天纵奇才，却于二十四岁英年早逝。

诗人对霍去病之死表达了十足的痛惜——天地自然长久，但人有旦夕祸福，俯仰之间已为陈迹，尤其是像霍将军如此英才，有如流星，尚未绽放出最耀眼的光芒，却已黯然坠落。

诗歌行文至此，情绪似乎陷入低谷之中，但最后一句却陡然而起，“当令麟阁上，千载有雄名”一扫前句低沉阴霾之气——霍将军人虽已没，但其抵御外侮、保家卫国的英雄气概和精神却流芳千古。

《长歌行》

南宋·陆游

人生不作安期生，醉入东海骑长鲸。
犹当出作李西平，手枭逆贼清旧京。
金印煌煌未入手，白发种种来无情。
成都古寺卧秋晚，落日偏傍僧窗明。
岂其马上破贼手，哦诗长作寒螀鸣。
兴来买尽市桥酒，大车磊落堆长瓶。
哀丝豪竹助剧饮，如钜野受黄河倾。
平时一滴不入口，意气顿使千人惊。
国雠未报壮士老，匣中宝剑夜有声。
何当凯还宴将士，三更雪压飞狐城。

种种：头发短的样子。

寒螀（jiāng）：寒蝉。

市桥：桥名，在成都石牛门。

钜野：古代大泽名。旧址在今山东巨野县附近，邻近黄河。

雠（chóu）：“仇”的异体字。

飞狐城：要隘名，今河北蔚县东南恒山峡谷口之北口。当时被金人侵占。

北宋靖康二年（1127年），女真人的铁骑踏碎了中原的歌舞升平，徽钦二宗沦为异族人的俘虏，康王赵构在南京应天府（今河南商丘）称帝建立南宋政权，北宋王朝至此覆灭，宋金南北对峙的局面正式形成。绍兴八年（1138年），南宋迁都临安府（今浙江杭州）。当部分统治者渐渐为江南的声色所迷，因“直把杭州作汴州”而消歇了北伐的心思，只想偏安一隅时，有一位诗人，将力图北伐、恢复中原作为自己毕生的志向，为之呐喊和奋斗了一生，尽管应者寥寥，彷徨失意，却至死不渝，临终之前也不忘叮嘱儿孙“王孙北定中原日，家祭无忘告乃翁”。这位诗人就是陆游。

陆游年少时便确立了“上马击狂胡，下马草军书”的志向，尽管当时朝中主和派势力强大，他也毫不避讳地支持主战派张浚，却因张浚北伐失败而受牵连被贬官。乾道八年（1172年），陆游被四川宣抚史王炎召为幕僚，投身军旅生活，他一腔热血奔赴西北国防前线南郑（今陕西汉中），以为终于等来了上阵杀敌、报效国家的机会，结果不久王炎被调回京城，北伐的理想再一次破灭。后数年，陆游几经辗转回到成都，这首《长歌行》就是淳熙元年（1174年）陆游寓居成都多福寺僧寮时所写。

起句气势非凡，有如黄河奔腾，直抒胸臆——人生如果不能像仙人安期生那样，痛饮狂歌，身骑长鲸，自由驰骋在东海的风浪之中，也要像大将李西平那样亲手斩杀逆贼，恢复京城。李西平是唐德宗时名将，曾经平定朱泚叛乱收复长安。这里显然以长安指代北宋都城开封，抒写自己恢复中原的志向。虽然这里列举了两种理想的人生模式，但仙人的境界毕竟是虚无缥缈的，而李西平的功绩才是陆游真正追求和向往的。

接下来诗人的心绪从理想回到现实，气势也由高昂转向低沉，理想中自己是一位披坚执锐、驰骋沙场的英雄，现实却是不被重用，闲居僧院。得不到重用就罢了，可是岁月流逝，抱负未展却已白发丛生，寺院里萧瑟的秋景、窗边昏黄的落日越发加重了诗人心中的迟暮之感、不遇之愤。

悲愤到极点何以消解？唯有借酒消愁。紧接着诗人写自己的豪饮之态，“兴来买尽市桥酒，大车磊落堆长瓶”极言喝酒之多，而喝起酒来气势有如黄河冲决钜野，极尽夸张之能事。然而他喝酒并非因为好酒，他本是“平时一滴不入口”，只是壮志难酬，心中意气尽数化为纵酒狂态，借酒浇胸中块垒，结果自然是“借酒消愁愁更愁”。

但陆游并没有像李白一样“人生在世不称意，明朝散发弄扁舟”，走向消极避世。陆游的壮志似一团永恒的火，只要失地一日不收复，这一团火便永远不会熄灭。匣中宝剑发出不平之鸣，也象征着诗人随时准备奔赴战争，为国效力。

诗歌的最后，以美好的憧憬和愿望作结，气势再次由低沉转向昂扬，首尾呼应。诗人想象着北伐功成凯旋，在路过飞狐城时宴请众将士，彼时夜已三更，大雪纷飞，军中却是锣鼓喧天，为胜利而欢呼。“雪压三更”以哀写乐，荒寒的环境更衬托出军队的沸腾。

为什么诗人要在飞狐城庆祝胜利呢？“飞狐城”指飞狐口，在长城紫荆关附近，古时为河北平原与北方边郡间的要隘，是关内通往关外的重要孔道，古往今来许多大的战争都与这崇山峻岭中的飞狐口有密切的关联。多少英雄豪杰为了抵御外族侵扰在这里浴血奋战，陆游所钦佩的李西平，便是奉诏从河北易县前去征讨叛将朱泚的，他西出飞狐道，昼夜兼程行至代州，南下收复长安。

南宋时，飞狐口已经被女真族占领，陆游想象在飞狐城宴请众将士是对收复失地的渴望。而他反对侵略和偏安，号召南宋军民收复失地、统一国家的爱国精神和战斗精神，在飞狐这个地方得到了回应和共鸣。

《镇守紫荆关作》

明·屈仲舒

塞上风霜旧，军中号令新。
枕弓头印月，卧甲臂生鳞。
慷慨酬明主，忠劳致此身。
狼居封有日，归贺太平春。

狼居：指西汉大将霍去病登狼居胥山筑坛祭天以告成功之事。狼居胥，即今蒙古国境内肯特山。

紫荆关位于今河北省易县，是长城的重要关口之一，与居庸关、倒马关合称“内三关”，并有“畿南第一雄关”之称。紫荆关居咽喉要地，是华北平原通向太行山区的重要孔道，也是关外进入关内的主要入口之一，而且周边地势险要，表里山河，易守难攻，有“一夫当关，万夫莫前”的说法，因此历代便为兵家必争之地。东汉光武帝刘秀曾派马援出兵，在紫荆迎击乌桓；元太祖铁木真久攻居庸关不下，分兵紫荆关，又从内夹攻居庸关，从而大败金兵；明末李自成也曾在紫荆关举兵攻陷关城……据不完全统计，历史上发生在紫荆关的战争达一百四十多次。

紫荆关最早建于战国时期，在秦汉时期仅是一座土石混筑的小城。明朝统治者非常重视对紫荆关的防守，明朝重臣于谦曾说：“居庸、紫荆并为畿辅咽喉……寇窥紫荆其得入者十之七。”可见，在漫长的历史中，紫荆关一次又一次成为塞外异族入侵中原的孔道。明代时，紫荆关得到大规模改筑和新建，形成了城内有城、墙外有墙的完备防御体系，并先后设置千户、参将、副总兵等级别的武官驻防。而这首诗，就是明代将领屈仲舒镇守紫荆关时所作。

文献中关于屈仲舒的记载寥寥，只知他是广东人，元末动乱时起兵保卫乡里百姓，后跟从明太祖朱元璋征战有功，封在京元帅府总护，被派遣镇守紫荆关。屈仲舒留存下来的诗歌也只有两首，大概因为他的身份是一位武将而非文士。不过也因此，我们从他留存的诗作中，可以感受到一位守边将领的所见所思。

这是一首五言律诗，前四句主要刻画守边条件的艰苦，后四句抒发忠君报国、渴望和平的心愿。首联一“旧”一“新”形成对比，为什么塞上风霜是旧的？一来因为边地气候恶劣，植被稀疏，景观单调，不过是大漠风沙之类，变化极少，而边关景物昏黄的色调从观感而言，也是偏旧。二来因为作者驻守此地时间之长，对这单调的边关景物已是司空见惯，这是心理感觉上的“旧”。“军中号令新”说明守边并非闲差，随时会有新的军情、新的任务下来，作为将领需要无时无刻对可能出现的威胁保持警惕，甚至一丝一毫都不能放松。

正因为如此，作者晚上睡觉时也要枕着弓箭穿着铠甲，以防随时出现紧急情况。“枕弓”两句对仗工整，意象密集，“臂生鳞”更是想象生动奇特而又比喻贴切，因为长期穿着铠甲睡觉，铠甲好像与身体融为一体，月光辉映下闪着粼粼寒光，仿佛手臂上长出的鳞片一般，作为守关将领的辛劳可见一斑。但作者并未因此逃避或抱怨，而是主动承担起自己的职责，最后只是盼望自己像西汉大将霍去病一样，为国为民解除外族侵略的威胁，届时自己便可以卸甲归朝，恭贺太平。

这首诗传达出一位守关将领最朴素的愿望，同时也是不同朝代千千万万个守边将领的愿望。如今紫荆关不再是防御工事，而是作为历史文物保护和留存。当我们迈入紫荆关，踏着城墙寻觅历史的风烟，穿过时光的罅隙，也许能看见数百年前那位身披铠甲、手拿弓箭的将领伫立在月光之下。

《寄紫荆龚都督二绝·其二》

明·王世贞

关头画角锁残霜，十万奇兵易水傍。
却恨单于穿塞去，不教飞将取金章。

画角：古管乐器，发声哀厉高亢，军中多用于报时以及振奋士气。
易水：河流名，在河北省西部易县境内。

这是明代诗人王世贞写给镇守紫荆关的将领龚都督的七绝，共两首，以上所选是其中一首。龚都督其人姓名、事迹不详，但通过诗人对一场战事的刻画，我们可以想见这是一位骁勇善战的大将。

诗歌首两句点明两军交战的地点——易水。易水流经紫荆关附近，由于两者之间特殊的地理关系，每每提到紫荆关，便不由得令人联想到战国时期发生在易水边的那场壮士诀别——“风萧萧兮易水寒，壮士一去兮不复还”，荆轲抱着必死的决心，踏上刺杀秦王的征程。

一千多年后的明王朝，同样是在寒霜凛冽的易水边，龚都督率领军队作战，十万将士同样抱着舍身报国的信念。比起只身匹马的荆轲，那场面更加庄严肃穆，同时少了几分悲剧色彩，而增加了壮阔感和力量感。“关头画角锁残霜”中的“锁”字用得极妙，尚未消融殆尽的寒霜，好似被锁进了画角声中，诗人运用了通感的手法，赋予听觉上的画角声以一种肃杀寒冷的感觉。

对于交战的过程，诗人略过不提，而是直接过渡到战争的结果。单于是外族首领的泛称，连首领都穿塞而去，急慌慌逃走，敌军的溃败之状可想而知，我方军队显然所向披靡，大获全胜。

对于这一胜利局面，作者并未刻画将士们欢欣雀跃的心情，反而用了“却恨”一词。为何敌军落败，敌首仓皇逃走，将士们却感到遗憾呢？从末句“不教飞将取金章”才恍然大悟，原来遗憾的是没能擒获首领，斩草除根，一举拿下对方的金章。“飞将”指的是“飞将军”李广，唐王昌龄《出塞》诗写道“但使龙城飞将在，不教胡马度阴山”，这里显然以李广喻龚都督。

整首诗着重刻画战前军队气势以及战后敌军的溃逃情状，主要通过侧面烘托和渲染，对比突出将士的英勇无敌。

《紫荆关》

清·屈大均

天半旗台起，霞连落日黄。
山开关路小，河绕塞垣长。
蹴鞠将军戏，酡酥上客觞。
夜来笳鼓动，凄切助思乡。

蹴鞠：古代军中一种踢打、玩耍的球类运动，相传起于战国时期。
酡酥：是指古印度酪制食品名。这里指游牧民族出产的一种类似奶酒的饮品。

本首诗的作者屈大均，不是奉旨守关的将领、背井离乡的戍卒，也不单纯是一位漂泊的游子，他的身份有点特别，是一位明代的遗民。他的前半生一直进行抗清活动，怀恢复之志。

清顺治三年（1646年），清兵攻陷广州城，此时屈大均年仅16岁。18岁时，他参加了由师长陈邦彦以及陈子壮、张家玉等领导的抗清战争，以失败告终。在清王朝确立了对全国的统治之后，屈大均拒绝出仕和招安，以遗民自居，数十年间，他遍历江南和塞北，只为寻找机会实现自己复国的理想。据推测，这首诗是屈大均北上游历到河北地区，路过紫荆关拜访军中友朋时所作。

首联写诗人在紫荆关中登高远眺所见：在接近天边的高处，一方旗台巍峨矗立，突兀而醒目，正值日暮时分，落日的余晖散落成绮，晕染了整个天空。接着，诗人的视角从仰视变成俯视，他看到紫荆关狭窄的关口和通道，关外的河流沿着长城蜿蜒，流向渺远的地方。前四句对紫荆关进行了全景式的描摹，突出了紫荆关的高与险，但不同于史书中的庄严森寒，暂时止息了战事的紫荆关，在落日笼罩下，竟透出几分宁静与祥和。

颈联写军中游戏宴乐的场景，边塞军中没有看不完的春柳春花，赏不尽的莺歌燕舞，只是以蹋球为戏，在强身健体的同时聊以助兴取乐，甚至连将军都加入蹋球的队伍里，可见场面之热闹酣畅。紫荆关因为靠近北方游牧民族，饮食上也受到外族的影响，用来招待贵宾的不是中原美酒，而是类似于奶酒的一种饮品。

李太白曾在沉醉于异域美酒时放言“但使主人能醉客，不知何处是他乡”，屈大均的心境却截然不同，边塞的风光和美食非但没有让他有宾至如归之感，反而越发勾起他对故土的思念。

他家在广东，不远万里来到河北，看到曾经抵御异族侵略的紫荆关，如今却在异族的统治下，卸下满身肃杀，呈现出宁静与安详，反清复明的理想遥遥无期。而家中年迈的母亲却翘首期盼着他回家，心中的焦灼、思念、彷徨种种情绪如同一张网将他缚住，所有的热闹都是别人的，与他无关。

当夜色渐深，军中奏起胡笳和鼙鼓等西域的乐器，那声音凄凄切切，诗人心中更是愁肠百结。

大同城

大同城又称云中、平城，是明代长城沿线九边重镇之一，位于山西省大同市，地处山西省北部、大同盆地西北边缘，地跨桑干河支流御河两岸，处于内外长城之间，素有“北方锁钥”之称。战国时赵武灵王在大同设置行政管理单位；明洪武五年（1372年），大将军徐达奉命率军民增建大同城，使之更为坚固完善。

“大同”之名，源于孔子对大同社会的畅想，也是刻在整个中华民族基因里的理想社会模样。故而，长城之上的这个古来战争频繁的军事重镇，仍被冠以理想社会的“大同”名号，本身就是人们一种对止战的极度渴望。

战争的最大意义，应当在于制止更多的战争。古往今来出征的将士们皆有此愿，也希望建功立业、实现价值。唐代诗人韦应物送孙徵赴云中，描摹了一个意气风发、不畏艰险的少年郎，期待他“匈奴破尽看君归”。

而当普通人的安宁之愿被迫让位给统治者的好大喜功时，连绵的纷争看不到尽头，便诞生出无数的悲剧。大同城里，留下了“诗鬼”李贺字字泣血的《平城下》，普通的边塞士兵为了摆脱繁重的徭役，甚至愤而想着不如做个逃兵，“不惜倒戈死”。那么当今天下，如范文正公“先天下之忧而忧，后天下之乐而乐”的情怀，又该向何处寻觅呢？明代诗人王越与友人一起登临大同城角楼饮酒作诗，发出如是感慨，等待着历史做出回答。

《送魏大从军》

唐·陈子昂

匈奴犹未灭，魏绛复从戎。
怅别三河道，言追六郡雄。
雁山横代北，狐塞接云中。
勿使燕然上，惟留汉将功。

魏绛：春秋时晋国大夫，他主张晋国与邻近少数民族讲和，曾言“和戎有五利”，后来戎狄亲附。

陈子昂作诗效法汉魏，尤其注重诗的筋骨。在文学史上，陈子昂为初唐一扫前朝的绮靡之风，也为盛唐气象的开启做好了铺垫。

魏大，陈子昂之友，家中排行老大，故称魏大。送友人从军并非什么新鲜的主题，前人写来，无外乎离别不舍、祝福珍重，多抒发缠绵悱恻的幽怨之情。陈子昂却在离情之上更写出一种波澜壮阔的豪迈，让这场离别超越了狭隘的儿女情长，被赋予广阔的历史和家国使命。这也成为即将到来的盛唐诗人表达离情别绪时的主要基调。

首句“匈奴犹未灭”，即化用西汉传奇名将霍去病的豪言“匈奴未灭，何以家为”，开篇便借典故言明以天下为己任的历史传承，气度颇为不凡。从陈子昂开始，逐步形成了以汉代唐的传统，这一方面带来了现实与历史的回响，另一方面也彰显唐王朝敢于比肩大汉的自豪。次句则反向用典，与首句的正向用典形成对应。

春秋时期的魏绛曾用和戎政策消除了晋国边患，如今同是为了守边御敌，陈子昂将魏大类比魏绛，将“和戎”变为“从戎”，寄予魏大深切的祝福。

三河道，即黄河中下游的支流交汇区，泛指王者所居之地（即都城），诗人与友人在长安送别。离别怅惘，实乃人之常情，更何况是友人至交，似乎有充分的理由可以伤感。可诗人下一句便立即转向对友人前路的展望，希望他此行可以效仿当年西汉的六郡豪杰赵充国，在边地立下属于自己的功劳。

遥望前方，雁门山横陈在代州之北，飞狐塞与云中城（即大同城）紧密相接。山接着山，关连着关，这一路从来没有容易二字，却正因为它并存的艰险与光荣，吸引了多少人前赴后继地踏足于此。

东汉将军窦宪勒石燕然山的威名还响彻天地，战功赫赫的汉将们历历在前，既是属于整个中华的荣耀记载，也是历史递给今人的一份挑战书——前行者功绩若此，后继者又当如何？诗人满怀信心地嘱咐魏大，别让燕然石上只留下汉将的功劳，是时候用属于唐人的传奇，续写它的荣光。

《送孙徵赴云中》

唐・韦应物

黄骢少年舞双戟，目视旁人皆辟易。
百战曾夸陇上儿，一身复作云中客。
寒风动地气苍芒，横吹先悲出塞长。
敲石军中传夜火，斧冰河畔汲朝浆。
前锋直指阴山外，虏骑纷纷翦应碎。
匈奴破尽看君归，金印酬功如斗大。

辟易：退避，避开。

唐代山水田园派诗人韦应物，诗风以清淡冷峭为主，很少有这样高亢激昂的诗作。这首送别友人出征的诗，在大气慷慨的感情基调上，还延续了韦应物诗一贯的特点——深入探查景致的幽微之处，并以其自然生动的细节打动人心。由此，这首诗既有宏大壮阔的豪情，又在细微处有着动人的描绘，读来别具一格。

英姿飒爽的少年郎，身骑一匹间杂黄青的白马，手持双戟，纵舞飞旋。那年轻矫健的身形线条是那样流畅，那行云流水的挥舞动作是那样娴熟，忽而回首，一双黑白分明的眼睛明亮夺目，骤然射出一股蓬勃的锐气，让观者的心中都不禁为之一震。

少年郎曾显露过不少身手，也曾向往古诗里所向披靡的陇上男儿。如今他应召参军，怀抱一腔热情，只身奔赴遥远的云中北漠，正式成为守边将士的一员。

北地苦寒，朔风凛凛，刮得苍茫大地都为之震颤。横笛胡笳吹出悠远的悲声，出塞的路原来是那么辛苦和漫长。曾经意气风发的少年，这时正经历着此前从未体验过的漫漫寒夜。

他随身边的伙伴们一起敲击燧石点燃火炬，让夜火的光明和温暖在一双双军士的手里传递。他随采水的小队一块儿去冰封的大河之上，用沉重的战斧凿开厚厚的冰层，汲取第二天早晨军营需要的生活用水。这样的生活固然艰苦且充满不适，但也满溢着新鲜和挑战，热情似火的少年郎，绝不会因为眼前的困难而丧失自己的斗志。

军队一路行军，犹如一支目标明确的箭镞，直指阴山之外的战场。这等雄健的军容，让我们有信心预见，那些此时嚣张来犯的虏骑，终将被翦灭在我军的矛戟之下。待将来匈奴统统被逼退，到那时，凯旋的少年郎，经历过这场铁血与寒霜的历练，必将成长为宽厚可靠的青年。而那人人艳羡的以皇帝金印为证的功勋，于他而言，不过是水到渠成地收入囊中罢了。

既是送行出征的诗作，这首诗中意气风发的少年郎，自然是对孙徵的形象映射与期待祝福。写少年锋芒的文字激昂有力，动态感跃然纸上；写他出征路上经历的磨难，着眼于日常细节的种种不便，场景变得静谧幽深，所押之韵也从短促有力的仄声变为悠长的平声；再写到对将来的展望，文辞又恢复到一个比较快的节奏，色彩明亮，气势昂扬。

整首诗以“积极—幽微—高亢”的节奏推进，白描与细节描写都收放自如，作者运笔之高超，令人叹服。

《平城下》

唐·李贺

饥寒平城下，夜夜守明月。
别剑无玉花，海风断鬓发。
塞长连白空，遥见汉旗红。
青帐吹短笛，烟雾湿昼龙。
日晚在城上，依稀望城下。
风吹枯蓬起，城中嘶瘦马。
借问筑城吏，去关几千里。
惟愁裹尸归，不惜倒戈死。

玉花：剑的光芒。

这是李贺为数极少的边塞诗之一，可他却能凭借这寥寥几首，在边塞诗大题材下留得自己的一席之地，该说真不愧是“长吉鬼才”。

李贺的一生非常短暂，终年仅27岁，还过得相当崎岖坎坷。他虽成名甚早，却因“莫须有”的理由被排斥在科举考场之外，此生功名无望。元和九年（814年），李贺再度辞别长安，于深秋到达潞州（今山西长治），经举荐在此帮节度使处理军队公文，度过了三年。这三年是李贺24岁到26岁的时光，于大多数人而言正是青春壮年，可对李贺来说，他拖着多病之躯，经历了父丧、妻亡、穷困、前途没落，人生已然迟暮——而我们也看到，他的生命很快就到了尽头。

平城指秦代的平城县，在今山西大同一带。李贺这首《平城下》基于切身体验所写，以一位平凡边塞兵士的视角叙述，真实得直击人心。

又一个饥寒交迫的日子，主人公不得不像过去许多时日那样，继续忍饥挨饿地留守在平城之下。辞家来时，他腰间别的那把佩剑，如今已然丧失了往日的锋芒，变得晦暗不明、锈迹斑斑。无垠的沙海长风粗粝，经年累月吹断了两鬓的青丝，只留下凌乱的斑白。他举目望去，大同城是多么旷远，又是多么无趣啊。

漫长的地平线与死白的天空相连，远远那一面代表了汉军的红色军旗，似乎是天地间唯一鲜明的色彩。军营的青帐里传来短笛声声，夜色森寒，似乎都能看清沉重的空气缓缓流动的模样，逐渐打湿了旗上的画龙。整个画面描述得平铺直叙，似乎不带什么感情，却让我们看到那些本该浓烈的色彩——鲜红的旗帜、精致的画龙、大片大片辽阔的天空与旷野、驻守边关保家卫国的愿望，都在一片无望的灰暗中低下了头，渐渐趋于沉默。

又是一日黄昏，这个士兵看到城下枯蓬飞舞，听得城中瘦马嘶鸣。他从极端的烦闷中忽然爆发出一股强烈的冲动：他不愿再过这种漫长没有尽头的日子，不愿再碌碌无为辛苦半生，最终只奔赴个马革裹尸的潦草结局。他想反抗，想逃离，甚至愤愤地心想，与其这么不明不白地死在这儿，不如索性倒戈作乱、成为逃兵——反正最坏的结果同样都是个死，倒不如死得轰轰烈烈，还能给自己挣来一线摆脱的可能。

长期在物质匮乏、精神空虚的状态里生活，曾经的原则都会被慢慢消解，求生的本能会逼得人动上一些疯狂的念头，甚至很有可能付诸实践。

边塞诗中将这种堪称造反的心思直接言明，却又自然合理，令读者惊愕的同时产生理解和共情，可以说李贺是独一份的。李贺身处江河日下的中唐，自己便是时局腐朽的受害者，他将怨愤喷薄成瑰奇的词句，倾吐一腔真性情，为天下不平而歌。

《塞下曲》

明·高启

日落五原塞，萧条亭堠空。
汉家讨狂虏，籍役满山东。
去年出飞狐，今年出云中。
得地不足耕，杀人以为功。
登高望衰草，感叹意何穷。

五原：即汉代的五原郡，今属内蒙古五原县。

明初诗人高启，学识渊博，才华横溢，与刘基、宋濂并称“明初诗文三大家”，又与杨基、张羽、徐贲同誉为“吴中四杰”，纪晓岚在《四库全书总目提要》里评价高启“实居明一代诗人之上”。

高启于诗歌领域的成就尤其突出，他在元末明初以小说、演义、戏曲为主流文化的时代，一人挑起明代诗歌发展风向的大梁，改变元以来华而不实的诗风。他拟古极得古韵，“拟汉魏似汉魏，拟六朝似六朝，拟唐似唐，拟宋似宋，凡古人之所长无不兼之”。可惜他在盛年因卷入政治斗争而被处以极刑，尚未来得及形成自身独特的风格，实为可惜。

高启不慕权贵，关注民生，反映人民生活的诗作质朴而真实。《塞下曲》本是乐府旧题，高启拟唐人喜用乐府旧题翻新作的方式创作此诗，直击现实。

开头便从一片沉默的萧条说起。日暮黄昏，边塞荒芜，此般景象本来就已足够萧索，再加上空无人迹、似已荒废的亭堠，更觉无限凄凉。五原即汉代的五原郡，今属内蒙古五原县。亭堠即驿站，是传递书信的信使和马匹休息交接的地方，唐代设五里为单堠，十里为双堠。驿站繁忙、书信畅通是社会安定的标志，此时人去亭空，可知眼下并非一个容得百姓互通书信的安宁时代。

果然，三四句揭晓了谜底，此时“汉家”皇室正大肆开疆拓土。要开征伐，必然征兵，征兵的名册竟覆盖了整个山东地区的家家户户。

太行山以东大片平原，是黄河中下游重要的农业生产区，可在农忙正需要壮丁的时节，他们被迫放下农具，抛弃耕田，参军行役，在四处边境频繁地奔波作战。去年还身处河北飞狐塞，今年已走出山西云中城（即大同城），个中劳役辛苦，不言而喻。历史上的汉武帝的确有好大喜功之嫌，由此带给百姓不少征兵徭役之苦。

唐人喜欢以汉代唐，说汉皇汉将，实则在说唐人唐事。高启效法唐人，说汉皇穷兵黩武，实则直指明代当朝的皇帝，讽刺其罔顾民生、胡乱征伐。

若是抵御外敌、保家卫国，这样的战争自然正当且必需。可若只是为了扩张领土，就大肆征调百姓，令田园荒芜，民不聊生，那便是无妄之灾，且贻害无穷。何况，辛辛苦苦征讨来的土地，大多地处偏远，气候和土壤都不适宜耕作，除了让统治者手里的版图更大些、更好看些，还有什么用途呢？这其中唯一可被称作“功劳”的，大概只有屠杀无辜百姓吧。

这样的征伐，起因充满荒谬，过程痛苦不堪，结果毫无意义，还带来田地无人打理、人口无端锐减、家破人亡难以维生等一连串的恶果，究竟是为什么？诗人毫不客气地摆明种种现实的荒诞，辛辣的讽刺背后，是为国为民深沉的忧患。

正因为高启这般直率无忌，又未能遇上虚心纳谏的明君，因此他的行为言语几度令统治者不满，再遭到奸邪附会陷害，最终被腰斩于市。然而他的一颗赤诚丹心为历史所鉴，他的精神将超越短暂且坎坷的生命，最终得以抵达不朽。

《登大同角楼次刘草窗韵》

明·王越

彩云飞过几层檐，楼上人呼酒载添。
半壁夕阳红影瘦，一钩山色翠眉纤。
我非能画王摩诘，谁是先忧范仲淹。
遥想滕王旧时阁，潇潇暮雨捲珠帘。

捲（juǎn）：“卷”的异体字。

大同城既为军事要塞，定然少不了建在城墙角台上、用于瞭望敌情的角楼。为了获取更开阔的视野，角楼的外壁一般还要突出城墙的范围，由此登高望远更为畅通无碍。

次韵又叫步韵，是古人诗词相和的一种方式，它要求作者用对方诗作的原韵原字来押韵，其先后次序也要与原诗相同，是和诗中限制最严格的一种。

刘草窗，即明代太医刘溥，号草窗，工诗，与汤胤绩同称“吟豪”，被誉为“景泰十才子”之首。王越，景泰二年（1451年）进士，博涉书史，诗歌文章援笔即成，又善骑射，有勇谋，官至兵部尚书。这同样具有文学才气的一武一医组合，在大同城共同登高，作诗相和，别有趣味。

大同城的角楼，四面屋角有飞檐。此时正是天朗气清，轻盈的流云在阳光下洋溢绚烂的色彩，飞旋萦绕在檐廊之上。楼里正是诗人和友人这些兴致勃勃的登高客，他们诗兴正浓，呼酒再添，似乎能效法李白斗酒诗百篇。时间就这样在登临的快意中流淌，渐至夕阳西下、暮色四合，晚霞的余晖斜斜倾入楼内，铺展在墙，映出一带红晕、两扇清影。

黄昏将尽，那道红影渐渐地黯淡消瘦，人们的诗兴酒兴也逐步归于平和。快意余温之中，诗人把酒远眺，看到天色渐晚，夕阳给山的轮廓镀了一钩光影，仿佛女子翠色的峨眉纤纤。

此景如画，此情也似乎有王勃《滕王阁序》“兴尽悲来”之感。如若王维身在此境，定能作诗如画、作画如诗，诗画一体，精到地描摹出此刻风光。诗人叹道，我并没有王摩诘那样的画笔，再多的言语也道不出这风景的美好，便只能停笔却步、徒留欣赏。如今登临送目，忽而想起范仲淹登岳阳楼“先天下之忧而忧，后天下之乐而乐”的情怀来。

当年的范公也是在这样的高楼之上、飞檐之下，极目远眺，触景生情，抒发出震烁千古的忧国之志。到如今，谁又是那些心怀天下、忧国忧民的“范仲淹”呢？诗人还联想到同样登楼的王勃，年轻气盛、才华横溢的他，以一篇洋洋洒洒的《滕王阁序》惊艳了当世，流芳了千年。

如今斯人已去，斯楼在否，古往今来那么多登临望远、怀古问天的文人志士，我们只能在历史书卷里寻觅他们的遗踪。而今，只有潇潇暮雨漫天倾落，卷起湿润的珠帘，隐隐约约擦碰出轻微的珠玉响动，恍若历史深处传来的回音。

《按昭君墓在大同城西三百里即古丰州地因援笔书此》

明·江源

汉策禦戎何大拙，却令红粉事和亲。
婵娟一去不复返，卫霍空惭作虎臣。
环佩归魂随汉月，琵琶弹泪湿胡尘。
曲中不怨毛延寿，千载哀音怨奉春。

禦（yù）："御"的异体字。

奉春：奉春君娄敬，刘邦谋士，建议与匈奴和亲。

王昭君之墓虽然早已闻名史册，其实直到今天还没有进行实际的考古发掘。在今内蒙古、山西与河南等地，都有相关的墓葬或衣冠冢，来纪念这位不屈从于流俗的美丽女子、这位凭一己之身换半世纪太平的传奇明妃。于大同城西三百里，有一处王昭君的墓冢。

明代诗人江源来到此地，有感而发作此诗怀念昭君，抒发感慨。究竟是不是真实的昭君墓，在此已经不重要了。就如苏轼在黄州游历赤壁矶，误以为这就是当年周瑜和曹操打赤壁之战的地方，举酒对月，思绪相接，才因此作出《赤壁赋》这一千古名篇。科学的、客观的对错，有时在文学欣赏的领域，倒不如置之不谈，甚至将错就错，或许能造就一场别样的惊喜。

途经大同城西，借着亲临传说中王昭君墓的机会，江源作此诗，主要是为了抒发自己对这段历史的感慨与沉思。提及昭君出塞，江源起笔便批评汉元帝的御边策略实在无能，最后只能让一名柔弱女子通过牺牲自己的后半生，担负起维护国家安宁的重任。

王昭君正如那奔月的婵娟，一去胡尘，再不复返。那些知名的汉将虎臣，到头来竟需一位弱女子的庇护，难道不觉耻辱吗？尽管在王昭君的年代，卫青、霍去病等汉将已辞世多年，汉元帝期间的实力也不及武帝盛势，但作者有意打破历史的限制，让赫赫有名的卫霍虎臣与盈盈弱质的王昭君相对比，大大增强了其失衡的落差，批判的情感色彩更为浓郁。

史载，王昭君嫁呼韩邪单于并育有一子，两年后单于亡故，王昭君上书请求归汉，被汉成帝回复“从胡俗”，只能嫁给其子、继位者复株累单于，继续生儿育女；后来又嫁给下一位继任者，不久病逝于匈奴。王昭君这一生，从受命出塞开始，便与故乡道了永别。

颈联有化用杜甫名诗《咏怀古迹·其三》“环佩空归夜月魂”“千载琵琶作胡语”两句的痕迹，再加上天上汉月、地上胡尘的对比，强调其绵延不绝却已全然绝望的思乡之情。王昭君这等命运，与当年画师毛延寿或许有关，但诗人认为那声声琵琶之曲，并非在怨恨毛延寿的无耻。无耻的小人，大多并不值得花费生命来记恨。

诗人借昭君的琵琶声，将控诉的矛头直指和亲的软弱，在大同城这一边关要塞附近，表达出对国家坚守骨气、坚定御敌的期许。

固关

固关的前身是故关，位于今山西省平定县境内，是太行八陉第五陉——井陉上的一座重要关隘，是井陉的西出之口。明嘉靖年间，由于城险不足，因此在故关旧址的基础上，西迁十里修筑新城，改“故”为“固”，取“固若金汤”之意，并修复了关城两侧的原有长城，即今固关。

明清时期，固关与居庸关、紫荆关、倒马关并列为京西四大名关，同为“京畿藩屏”。固关的险要令无数到此的文人墨客震撼惊叹。“万山深锁固关城，云绕岑楼景更清”，明代士人王士翘形象描写出固关地势严峻、群山环绕、易守难攻的特点。

同时，古诗词里的固关也有诗情画意的一面，令人心生愉悦。“春入并州路，群芳夹故关”，当北宋名臣韩琦来到春花烂漫的故关，见到的是“时平民自适，白首乐农闲”这幅安宁和平的景象；“西风忽送潇潇雨，满路槐花出故关”，没有战火的侵扰，清代诗人王士祯在花香和着细雨微风中，一路悠闲地走出故关。

《长城闻笛》

唐·杨巨源

孤城笛满林，断续共霜砧。
夜月降羌泪，秋风老将心。
静过寒垒遍，暗入故关深。
惆怅梅花落，山川不可寻。

砧：捣衣石，此句是说笛声和着秋天里断断续续的捣衣声一起传递。
降羌：戍守长城的归降羌人。
梅花落：汉乐府横吹曲名。

由山西平定县城往东北方向行七十里，远远便望见一段城墙盘亘在崇山峻岭之中，这段长城最早为战国时期中山国所建，比秦始皇统一六国后修建的万里长城还要早一个多世纪，虽然历经战火和风雨的洗礼，却依然是国内保存比较完整的石砌长城。沿着城墙来到山谷平地，这里巍然矗立着一座城楼，门楼上书写着两个遒劲的大字——固关。

唐朝时，这座关城只是矗立在深峡丛林里的一座孤城，有的也只是边将和戍卒。当秋夜降临，不知从何处响起悠扬的笛声，那笛声本已凄恻动人，谁知和着笛声传来的还有断断续续的捣衣之声，更是叫人肝肠寸断。

捣衣是古代的民俗，宋元以前平民的衣物以葛麻为主，材质偏硬，所以要将布料放在砧板上捣软。李白在《子夜吴歌·秋歌》里面写道“长安一片月，万户捣衣声”，便是这个场景的写照。

将士们听到城外住户响起的捣衣声，思绪定然飘回千里之外的家乡：家中的妻子是否也在忧念着远戍的自己，在秋夜里捣衣为自己赶制冬衣呢？马上又到了一年的末尾，眼见着又要在这座孤城熬过苦寒，归家遥遥无期，思及此，怎不令人愁肠百结。

三四句自然紧承前两句的写景，抒发笛声勾起的思乡之情，但这种情感的抒发不是一泻千里，直截了当，而是通过“夜月”“降羌”“泪”“秋风”“老将”“心”几个看似无关联意象的有机罗列，构成一种悲凉哀婉的意境。

受降后守边的羌人为何在月下垂泪？秋风又勾起了戍守边关多年的老将什么心思？答案不言而喻。此时此刻羌人与汉将没有对立和争夺，有的只是同样的刻骨思念，同样的身不由己。

笛声潜入城关的各个角落，结果必然是“不知何处吹芦管，一夜征人尽望乡”。戍卒们在暗夜中静静聆听，笛声勾起了他们对家乡无尽的思念。

当笛声随风而散，消弭于山川之中再也寻不到，他们的惆怅失落可想而知，而那无处安放的思乡情绪却不能像笛声一样消失，只怕今夜注定无眠。

《过故关》

北宋·韩琦

春入并州路，群芳夹故关。
前驺驱弩过，别境荷戈还。
古戍余荒堞，新耕入乱山。
时平民自适，白首乐农闲。

并州：古州名。相传禹治洪水，划分域内为九州。据《周礼》《汉书·地理志上》记载，并州为九州之一，其地约当今河北保定和山西太原、大同一带。
前驺：指古代官吏出行时在前边开路的侍役。

说起北宋的名臣，我们首先想到的可能是范仲淹、王安石、司马光、苏轼，但有一位的政绩比以上人物可谓有过之而无不及，只是文学成就不够卓著，故不为大众熟知，他就是本诗的作者韩琦。

韩琦历辅仁宗、英宗、神宗三朝，担任谏官时，他是非分明，直言敢谏；担任地方官时，采取了很多惠民措施，深受百姓爱戴；镇守边关时，赏罚分明，治军有方，为消除边患出谋划策，殚精竭虑，即便后来官至宰相，也时刻关心边防问题，为维护边关的稳定与和平做出了很大贡献。

宋仁宗皇祐五年（1053年），韩琦官拜武康节度使、河东经略安抚使，由定州调任并州，这首诗便记录了作者经过故关进入并州路途中的所见所闻。

从首句我们可以看出，作者在春暖花开的时节出发去并州，路过故关时峡谷两边的山坡上群芳争艳，生机盎然。这与边塞诗歌中一贯喜欢表现的荒凉、萧索景象大为不同，为全诗奠定了欢快昂扬的基调。

故关和并州位处宋与辽、西夏的交界处，这里历来战事频繁，所以一行人可以说是严阵以待，在前开路的役使手持弓弩小心戒备，以防万一。与之形成鲜明对比的是从别处戍守归来的民兵，他们背着长戈等兵器慢悠悠地往回走，状态十分放松，那悠闲的神色让作者有些诧异。

这说明当地久无战事，和平安宁已经成为常态，所以当作者看到古老的城堡已经废弃不守，只余下一些倾颓的矮城墙，而山坡上到处都是新耕的土地，便不觉得有什么奇怪了。最后他欣慰地感慨：天下太平，百姓安居乐业，人们可以在这片土地上幸福生活到白首，农闲时逍遥度日，岂不快哉！

眼前这难得的和平安宁有韩琦的一份功劳。

韩琦自康定元年（1040年）出任陕西安抚使，与范仲淹共同防御西夏，成为抗击西夏的名臣，时人称为“韩范”，当时边塞流传着这样的民谣：“军中有一韩，西夏闻之心骨寒。军中有一范，西夏闻之惊破胆。”后来韩琦任河北四路安抚使，在处理与辽的关系上，也是刚柔并济，一方面积极备战，随时准备抵抗侵扰；一方面尊重两国结盟事实，积极维护边境的和平。

辽国人对韩琦既敬重又忌惮，以往辽国使者路过河北时，经常随意索取供奉，等到韩琦任职河北，辽国使者告诫属下：“此韩侍中境内，慎勿乱需索，以辱我也。”

若不是如韩琦一样的将士们奔波劳碌，苦心经营，眼前这片土地很有可能依然是战火纷飞，百姓们在刀光剑戟中艰难求生，多数人等不到白首就埋骨于黄沙之下，成为长城下一抹哀泣的孤魂。

《固关》

明·王士翘

万山深锁固关城，云绕岑楼景更清。
玉瓮临堤开两鉴，旌旗斜日照孤营。
井陉犹自跨天险，背水还堪拥汉兵。
秋到人间空舒袖，坐看沙漠一犁平。

岑楼：高楼。

王士翘，字民瞻，江西安福人，明嘉靖十七年（1538年）进士。嘉靖二十六年（1547年），他出任巡按西关御史，巡察居庸、紫荆、倒马、固关四关。在任期间，他广集数据，悉心巡察，最后编纂出记述长城重要关塞的方志书——《西关志》，《出固关》即《西关志》中的一首诗。

固关之所以历来为兵家必争之地，就在于一个“险”字。传说当年李自成率部进攻北京，本想先攻克固关，再占娘子关，而后挥师北上，结果行至固关几攻不下，不由感慨“此地易守难攻，固若金汤，插翅难飞”，继而放弃固关转兵倒取宁武关，最后攻克北京推翻明王朝。王士翘这首诗就紧紧围绕固关之“险”来展开，较为全面地道出了固关险在何处。

首两句是一个俯瞰的视角，诗人站在高高的城楼上环顾四周，只见固关背倚太行山，周围崇山峻岭环绕，形成天然的屏障，而固关好似被无数座山锁在里面一般。“锁”字用得精妙，将固关被深山包围的地理特征刻画得淋漓尽致，位处如此险要之地，那些意图谋划攻关之人若是从山谷仰视这险山固关，怕是更加胆战心惊。诗人所在的城楼高耸入云，四周虽然白云环绕，但站高望远，视野开阔，城下的景色一览无余。

以上描写固关周边自然环境之险，三四句紧承其上，刻画固关城防之险。从固关城门楼下进入后，有一座弧形的瓮城，长约百米，高近二十米，如同一弯晓月，作为掩护城门、加强防御之用。

如果有敌军前来攻城，打开外城门，关闭内城门，将敌军引入瓮城，埋伏在长城垛口的将士便可以居高临下，用滚石弓箭等对付敌人，来一个“瓮中捉鳖”。走过瓮城登临城门关楼便可见长城逶迤在山脊之上，两侧城墙均用青石筑成，仿佛两面对照的铜镜，所以说“玉瓮临堤开两鉴”。

落日余晖下，一面高矗的军旗，一方坚固的营垒，就这样静静屹立于此。

得益于此地天险，成就了许多英雄霸业，汉代大将韩信便是其中之一。汉高祖三年（公元前204年）十月，韩信率领数万新招募的汉军越过太行山，向东攻打赵国，在井陉口附近与赵国二十万兵力对阵。韩信一面派出士兵手持汉军旗帜，到赵军大营的后方埋伏，扰乱赵军军心；一面派出万人为先头部队出井陉口，背靠地势险要的河水摆开阵势，将士们置之死地而后生，前后夹击，彻底摧垮了赵军，成为历史上有名的以少胜多的战例。

诗人登关眺远，惊叹于井陉山形险要、易守难攻，不由得想起韩信在此地背水一战的事迹，感叹不已。

作为明朝大臣，此时的王士翘被任命为巡按西关御史，巡察居庸、紫荆、倒马、固关四关。当他身处固关，想起以往到了秋天草黄马肥的时节，正是警惕外敌侵扰的时候，而今经过重新营建的固关固若金汤，秋分时节不见硝烟弥漫，而是看到百姓在沙漠中开垦土地，安居乐业，一种安全感和自豪感油然而生。

《雨中度故关》

清·王士祯

危栈飞流万仞山，戍楼遥指暮云间。
西风忽送潇潇雨，满路槐花出故关。

危栈：高悬崖壁上的栈道。

仞：古八尺或七尺为一仞。万仞山，极言山高。

因为朝代的变迁，故关这一指称几经变换。明朝以前，故关位于今山西省平定县娘子关镇旧关村，嘉靖年间因为旧城城防不足，遂往西迁十里筑新城，取“固若金汤”之意，改“故”为“固”，名固关，而以前的故关便成了“古固关”，也称旧关。因此，当地流传着这样绕口令似的民谚：“故关没有固关固，固关没有故关古。”

这首诗中的“故关”，很多地方将其解释为河北省的井陉关，也就是土门关，恐怕有误。土门关、旧关和固关虽然都位于横贯太行山脉的井陉要道上，但土门关位于井陉东出之口，而故关则位于西出之口，并非同一地点。

康熙十一年（1672年），王士祯奉旨到四川主持乡试，途经故关，而作此诗，至于所写到底是旧关还是新关，就不得而知了。

诗歌前两句以局部来表现整体，选取了故关所见的几个典型事物来突出关隘的险峻：日暮时分，万仞高山林立，悬崖峭壁之上垂下一道窄小的栈道，不远的旁边便是飞流直下的瀑布，飞湍四溅，砯崖转石，山巅上的守望楼更是高得令人胆战心惊，仿佛矗立在云端。

前句极言山之高，更加衬托出后句戍楼之高之险，此情此景远望已是惊心动魄，近观更觉心惊肉跳、两股战战，身临其境恐怕都会叹一句“此道之难，难于上青天”。

根据我们的料想，接下来要么进一步写行路之难、旅途之险，要么发思古之幽情，凭吊那些跟故关有联系的王侯将相的英雄事迹。可后两句的描写却不落窠臼，写出一幅很独特的山中景象。

走在关道中的诗人，忽觉一阵风袭来，风中裹挟着点点雨丝和凉意，让人有些猝不及防。不过这雨应当不大，不然诗人怎么有闲情逸致注意到途中被风雨打落的槐花呢？就在这一路簌簌飘落的槐花中，诗人悠悠然走出了故关。

与前两句险峻雄奇的风格形成鲜明的对比和转折，后两句风格清丽幽婉，整首诗刚柔并济，兼具边关塞漠的雄奇和江南烟雨的柔婉。虽然四句跌宕起伏，但内在意脉十分连贯。正是因为有这“万仞山”，山中气候变化莫测，时晴时雨是常有之事，所以后文“忽送潇潇雨”便是自然而然。而有了雨，便有了被打落的槐花，看似反差极大，其实一脉相承，前后呼应。

关于故关当时的局势和军情，诗人统统没有提及，但从他踏着槐花走出故关的情景，我们可以感受到身处和平时期的那份悠然。若是在兵荒马乱的年代，他定然没有这份从容，我们今天就没法从诗歌中看到不一样的故关。

诗人以其特有的敏锐性和独特的感受力，为笔下的故关注入了一抹诗情画意，令人神往不已。

《出固关》

清·刘大櫆

太行西去陇云低，大陆荒烟落日迷。
万里风尘三尺剑，百重关塞一丸泥。
地分秦晋山河壮，人想虞周德业齐。
半夜月明游子息，绕树三匝听乌啼。

虞周：指舜帝和周文王。这里意为诗人渴望辅佐明主建立一番丰功伟业。

汉初，淮阴侯韩信出故关，率万人背水一战，大败赵军；唐天宝年间安禄山、史思明造反，大将郭子仪出故关与李光弼会合，最终平定安史之乱……当一个渴望建功立业却怀才不遇的清朝文人，路过固关，想到这些历史上与此地有关的英雄事迹，内心会激荡出怎样的思想和情感呢?

刘大櫆，清朝著名的古文大家，桐城派的代表人物之一，亦是杰出的诗人。乾隆九年(1744年)，刘大櫆离开京师前往山西，到他的哥哥刘大宾的县署，据推测这首《出固关》就写于去往山西途中。

固关是“太行八陉”中的第五陉井陉的西出之口，所以诗人说太行西去。首句点明时间、地点和环境，诗人出固关之时正是云层低垂、荒烟弥漫的落日时分。古朴的城堡，斑驳的城墙，昏黄的落日，这当然是一幅让人怅惘的景象，他不远万里从安徽到京城，又到山西，一路风尘仆仆所求为何呢? 诗人没有明说，但是从中间两联所提到的历史事迹，我们可以窥见一二。

“三尺剑”和“一丸泥”都是历史典故。西汉开国皇帝刘邦曾说自己“以布衣提三尺剑取天下”。东汉初军阀隗嚣称霸一方，其将领王元曾向他请命“以一丸泥为大王东封函谷关”，意思是凭借函谷关的险要地势，进可攻退可守，凭借极少的兵力便可守住关隘。这里的“百重关塞”当然是指固关，同函谷关一样，固关也是地势险要、易守难攻，又属于秦晋咽喉，古来兵家必争之地。

可诗人为什么会在此时此地想到这些人呢？结合刘大櫆的生平我们才能理解他的心意所在。刘大櫆自幼刻苦读书，勤奋笃学，二十岁便声名显著，讲学授徒。为了实现自己“经世致用”的人生追求，雍正年间，刘大櫆先后三次参加乡试，皆以落榜告终；而后在乾隆元年（1736年），他再次燃起希望，入京参加博学鸿词科考试，最终却还是狠狠被命运戏弄了一番。沉沦科场数十年终落得一事无成，生活艰辛困苦自不必说，恐怕不亚于杜甫所经历的“残杯与冷炙，到处潜悲辛”。

古代读书人主要的进身之阶就是通过科举做官，对于一位学富五车的文人而言，科举的屡次失利是对他人生价值的否定，一次次从失望到希望，又从希望到失望，最后归于绝望，心灵上的痛苦和煎熬不言而喻。

当诗人经过重重关塞，想起刘邦和王元，想起那些曾经在边关一展身手的英雄，胸中的豪迈志向不由喷薄而出。他渴望像这些人一样运筹帷幄，决胜千里，可现实却是“当时身不遇，老了英雄”。

诗歌最后一句“绕树三匝听乌啼”又用到了典故，出自曹操的《短歌行》，“月明星稀，乌鹊南飞。绕树三匝，何枝可依”，表达对贤才的强烈渴望。当夜幕降临，刘大櫆停歇在固关附近，听到树上的乌鸦鸣叫，对自己的前途感到迷茫：到底何处才是施展抱负的地方呢？同时他也渴望遇到像曹操一样任人唯才、知人善任的伯乐，给自己这匹千里马一个纵横驰骋的机会。

整首诗外显雄浑质朴，内蕴浩然之气，虽然大量用典却丝毫无晦涩之感，颇有古体诗风范。

雁门关

雁门关，古称“勾注”，坐落于山西代县西北的雁门山上。自战国时期的赵武灵王起，历代都把雁门关看作战略要地。《舆图志》有“天下九塞，雁门为首”的记载。到了明代，雁门关更是长城上的重要关隘，与宁武关、偏关合称为“外三关”，雁门关是“外三关”中最大的一关。

雁门关历来为兵家征战之地：汉代名将卫青、霍去病、李广等都曾驰骋在雁门古塞内外，多次大败匈奴；隋时，隋炀帝杨广曾率兵在此与突厥作战；北宋初期，雁门关一带是宋、辽激烈争夺的战场。

在漫长的历史里，这座群山中的关隘早已不只是一方冷冰冰的建筑，而是演变成富有温度的文化符号。“我所思兮在雁门，欲往从之雪纷纷”，从汉代开始，诗歌中的“雁门”就是北方长城边关的代指，多用于表达对戍守长城边地的远行人的思念，古人想象中的雁门关总是大雪纷飞，萧索荒凉。

“报君黄金台上意，提携玉龙为君死”，李贺《雁门太守行》书写了雁门关一场声势浩大的鏖战，英勇奋战、保家卫国的战斗精神至今震撼人心。然而，和平才是人们永远的期望。“闻道辽西无斗战，时时醉向酒家眠”，盛唐诗人崔颢的《雁门胡人歌》以胡人百姓的视角，表达了汉胡双方共同的安居渴望，也寄寓了诗人宽广而普世的人文关怀。

《古离别》

南朝梁·江淹

远与君别者，乃至雁门关。
黄云蔽千里，游子何时还。
送君如昨日，檐前露已团。
不惜蕙草晚，所悲道里寒。
君在天一涯，妾身长别离。
愿一见颜色，不异琼树枝。
菟丝及水萍，所寄终不移。

琼树：仙树名。

菟丝：《古诗十九首·冉冉孤生竹》中有云“与君为新婚，菟丝附女萝”，比喻夫妻相互依存的关系。

雁门关作为北方边塞连通中原的门户，春秋战国时期就被视作重要的关隘和防御工事。经过漫长的历史，雁门关早已不只是一方冷冰冰的建筑、现代人眼中遥远的历史陈迹，而是富有温度的文化符号。这里上演过一幕幕帝王霸业，也经历过一场场金戈铁马，更不乏普通人的生离死别，江淹这首《古别离》就是以雁门关为背景的游子思妇之歌。

历代统治者为了加强边防、抵御外族入侵，征派普通男子到雁门关戍边、征战或修筑长城是常态，这对于普通的个体和家庭而言是生死攸关的大事。这首诗中女主人公的痛苦便是由此而来。

诗歌以思妇的口吻和视角来展开，前四句回顾了她送别丈夫的场景，她想象雁门关外一片荒凉，漫天风沙，黄云遮蔽千里。她的丈夫，也就是“游子”，此去何时能再回来？“游子何时还”所蕴含的不仅有着时间和空间阻隔带来的不舍与悲痛，还透出一丝恐惧和隐忧。前人已叹“君独不见长城下，死人骸骨相撑拄”，后人吟咏未绝“可怜无定河边骨，犹是春闺梦里人”，在边塞恶劣的自然条件下，不论是征战、戍边还是服徭役，都有埋骨黄沙的风险。这一别，唯恐不仅是多年的生离，而是永恒的死别。

“送君如昨日，檐前露已团”，将过去之情和眼前之景对比，突出女子思念之深重。自丈夫离家之后，时光飞逝，很快就到了秋寒露重的节气，但女子的思念并未随着时间流逝而变得淡薄，而是强烈一如送别那日。这说明女子日日心中所念皆是丈夫，反复咀嚼着离别的不舍与哀痛，可远方的丈夫依然没有归来的消息。

古人常以花草来形容女子的容颜，诗中“蕙草晚”形容女子青春易逝。可是在“蕙草晚”之前却加了“不惜”二字，女子当真毫不在意自己的容貌？恐怕未必。“不惜”是在“惜”的心理基础上发展而来的，丈夫离开之后，女子更加强烈地感受到时光的侵蚀，哀叹年华老去，可是比起自己的容貌，她更加挂怀丈夫。雁门关外秋寒深重，一想到丈夫漂泊在外，便悲从中来，不可断绝，再也无心忧虑自己的容颜。

从“所悲道里寒”可以看出女子对丈夫的爱超越了人性的自私，尽显深情本色。她孜孜所求的，唯有与丈夫早日团聚，与丈夫的重逢犹如仙树，可以治愈她内心的一切苦痛与创伤。诗歌的最后，女主人公发出誓言，以菟丝附着绿萝、萍草依托水面作比，希望她与男子永远恩爱不移。

如果要用一句话来概括本诗的情感主题，恐怕没有比江淹在《别赋》中那句“黯然销魂者，唯别而已矣”更恰当的了。

《雁门胡人歌》

唐·崔颢

高山代郡东接燕，雁门胡人家近边。
解放胡鹰逐塞鸟，能将代马猎秋田。
山头野火寒多烧，雨里孤峰湿作烟。
闻道辽西无斗战，时时醉向酒家眠。

代郡：雁门郡。

代马：漠北产的骏马。

猎秋田：狩猎于秋天的田野。

唐朝疆域的东北毗邻古燕之地，在崇山峻岭当中、汉胡交界之畔，居住着一些紧挨边境的雁门胡人。他们的日常生活与一界之隔的汉人大有不同，他们操着胡音，身着胡服，眉眼身形间流露出穷冬苦寒才能锤炼出的独特气质。他们放飞自家饲养的鹰隼，让它如利箭刺向长空，去追逐边塞的鸟儿；在猎物贴好肥美的秋膘之时，他们驾驭着漠北当地的骏马，在秋天丰饶的原野上尽情狩猎和驰骋，收获一季的丰腴满载而归。

时值深秋，胡人多放火烧山，一处处烧荒的野火在一片静谧的寒冷中冷静而克制地升腾起来。有时秋雨绵绵，淋在山头的雨点，会泛起阵阵潮湿的烟云。火光与烟云，在常年动荡不安的边塞，并不是什么受人欢迎的风景——它们太容易让人联想起汉胡边境的战争，那噩梦一般的战争绵延了千年，至今仍然没有彻底停息。那是绵亘在边境百姓心头永恒的阴影，无论汉人胡人，皆是如此。

即使是在相对平静的当下，胡人们看到山头的烟火和尘埃，依然紧张地心生恐慌和惊惧。他们害怕这暂时的和平很快就被打破，自己又将回归到战火纷飞的年代中去。他们担忧胡鹰飞翔的蓝天又被烟尘吞噬，丰美的原野又被烈火燎原。战争带来的伤害炽烈而绵长，无论结果胜负，其实都没有赢家，而最大的输家永远是参战国的普通平民。

所幸眼前的一切都不过是草木皆兵的恐慌，胡人终于得知辽西一带并无战事。他们心里悬起的石头终于落了地，不约而同地在酒家相遇，安心从容地饮酒至醉，然后在醉意中安然入眠。

酒是富余的粮食酿制的产物，饮酒亦可抵御寒冷，获得片刻安心的欢愉，故而饮酒本身便带上了富足和平安的意味。没有汉文化基础的胡人，亦在无意中践行着“及时行乐”的道理，他们虚惊一场后走入酒家，姑且放宽心来，尽情享受和平安稳的当下生活。

边塞诗歌常与战争相关，氛围往往苍凉悲怆；崔颢此诗却一反常态，营造出一种活泼的氛围，叙述了胡人普通百姓几个典型的生活画面。写作此诗时（开元二十一年，733年），崔颢在代州中都督府任职，在他任职前不久，幽燕一带发生了激烈冲突，以唐军胜利告终。崔颢任官期间，战争已基本结束，双方百姓过着相对安定的生活。凭借任官经历，崔颢对边塞生活有着深入的体察，因而他可以自然而然通过笔下诗句，细致入微地反映出边关生活的真实图景。

在选材时，崔颢别出心裁地以边境附近的胡人百姓视角，表达出汉胡双方共同的和平安居渴望。这一视角的选取，使得诗歌的反战主题得以润物无声地流露，又能从汉民族上升到全民族、全人类的高度，寄寓了诗人宽广而普世的人文关怀。正在走上坡路的唐朝，依靠日渐强大的经济文化实力，涵养出开阔博大、包罗万象的胸怀，对少数民族文化秉持着开放包容的态度。海纳百川，兼收并蓄，正是这般宏大开阔的气象，构筑出了无比辉煌的盛唐。

《雁门太守行》

唐·李贺

黑云压城城欲摧，甲光向日金鳞开。
角声满天秋色里，塞上燕脂凝夜紫。
半卷红旗临易水，霜重鼓寒声不起。
报君黄金台上意，提携玉龙为君死。

角声：古代军中的号角声。

燕脂：即胭脂，这里指暮色中塞上泥土有如胭脂凝成。

黄金台：故址在今河北省易县东南，相传为战国燕昭王所筑。《战国策·燕策》载，燕昭王求士，筑高台，置黄金于其上，广招天下人才。

玉龙：指剑。

一场鏖战正在进行。

敌军已兵临城下，其来势汹汹，声势浩大，有如狂风暴雨前黑云过境。在这千钧一发、生死存亡的紧要关头，守城的将士披坚执锐，英勇出战，突破敌军的重重包围，宛如曜日冲破层层黑云阻隔，照耀着战士们的盔甲熠熠生辉。

这场战争从白日一直持续到夜幕降临，两军交战中漫天响起号角声，战士们凝固的鲜血仿佛与紫色的土地融为一体。将士们乘胜追击，为了加快行军速度，他们半卷红旗，顶着烈烈寒风快速追击敌军，天寒地冻，夜深霜浓，战鼓也喑哑无声。

这是李贺《雁门太守行》一诗中所描写的战争场景。李贺写战争独具特色，全诗并未直接从正面描写战争的激烈场景，主要通过环境和气氛的烘托，来渲染战况的激烈。

“黑云压城”“甲光向日”都并非实际的自然景象，前者烘托出敌军威胁之大，形势之严峻；后者象征守城军士的勇武，他们突出重围，英勇退敌。“号角”“胭脂”“夜紫”一系列景象的刻画，寓示出战况的惨烈。

战争的结果如何，诗歌同样没有交代，“半卷红旗临易水”中的“易水”并未实指地点，而是借荆轲易水别燕丹的典故来歌颂这些将士。昔日荆轲为报知己之恩，于易水边告别燕太子，壮士一去不复还；

今日守城的将士，视死如归，提携宝剑战斗而死。胜负显然已经不那么重要了，重要的是他们置生死于度外、保家卫国的精神万古长存。

《雁门太守行》系乐府旧题，本是赞美东汉和帝时洛阳令王涣的政绩，魏晋之后的拟作则以此题泛写边城征战，李贺这首诗也是如此，并非实指“雁门太守”。关于这场战争究竟发生在何时何地，历来莫衷一是，一说写的是元和九年冬（814年），节度使张煦讨伐振武（即雁门郡）军叛乱之事，这种说法显然有附会题目之嫌；一说写的是元和四年（809年），盘踞在河北易水一带的成德节度使王承宗的叛军攻打易州和定州，将领李光颜率兵驰救之事，这种说法显然是附会“易水”而来。

李贺的这首诗，不必视作某一次战役的简单再现，而是在提炼素材的基础上通过艺术想象，创造了一种杀敌报国、浴血奋战的典型情境。可以确定的是，这种战争场景在雁门关外上演了无数次。

雁门作为边塞上的重要关隘，易守难攻，是古往今来兵家必争之地，也是少数民族和中原地区经常交锋的地方，秦击匈奴，唐阻突厥，宋御契丹，明防瓦剌……滚滚狼烟在历史上几乎从未断绝，关外埋葬着无数为国捐躯的将士英魂，可以想见他们生前也与《雁门太守行》中的将士一样“捐躯赴国难，视死忽如归”，即便跨越千年，这种精神也依然在关外的上空回响不绝。

《夜游宫·记梦寄师伯浑》

南宋·陆游

雪晓清笳乱起。
梦游处、不知何地。
铁骑无声望似水。
想关河，雁门西，青海际。

睡觉寒灯里。
漏声断、月斜窗纸。
自许封侯在万里。
有谁知，鬓虽残，心未死。

师伯浑：词人的朋友。
睡觉：睡醒。

这首《夜游宫》是陆游一首记录梦境之词。此时陆游被调离南郑前线，到后方成都就任闲职，意味着他铁马冰河的沙场报国志向就此破灭，再难看到出路。无限悲戚与感怀之中，陆游在成都的夜间入梦，梦里他远赴被金人占领的雁门关，醒来感慨万千，便与他在四川认识的志同道合的友人师伯浑寄词抒志。

词的上片直接叙写梦中之境。黎明破晓，照亮漫天的雪景，随着渐亮的天光，词人的梦境便缓缓拉开帷幕。这是一片陌生的银装素裹之地，隐约还能听到清寒缭乱的管笳声声。笳，一种边关特有的乐器，声音凄寒而悠远。眼前的一切很快让陆游意识到自己正在梦里。这是何地？他环顾四望，知晓这样的景致绝不可能出现在当今南宋的疆域之中，一定是比秦岭淮河——南宋北方边界更远的地方。

静默肃杀的雪景之中，一行蜿蜒的铁骑，仿佛一条无声流淌的大河，从荒芜的原野中来，向着遥远的地平线缓缓延伸而去。他们森冷的铁灰色铠甲，映衬着银白的雪色；他们坚利的铁盾戈矛，凝结出冰霜的光泽。明明这支军队的规模如此庞大，却居然可以那么安静和齐整——这样的军队，军容如此肃穆，军纪如此严明，是一股值得信赖的战斗力量。

想来这样的风景，应当就是自古闻名的北方边塞——雁门关、青海畔吧。雁门关位于东北，青海湖处于西北，陆游列举两个代表性地名，实则把整个广袤的北方大地都涵盖在内。如此壮阔的山河，如今却耻辱地落在谁的手里？陆游吞声无言，无限深沉的惜国之叹、报国之愿，凝聚在短短九个字中——“想关河”一句，看似推测，实则在推测中确信了自己的梦想。

梦境是人潜意识的忠诚反馈，以陆游的现实经历，他并没有亲身踏足冰天雪地的雁门关、青海湖，因而这一梦终归是他的想象。可即使未曾落脚，他仍然在梦里尽情鸟瞰，且自然又坚决地认定这才是真正的北方边境。一梦醒来，天尚昏黑，寒灯凄冷，更漏声残，如霜的月色轻轻抹上窗纸，孤寂凄凉之感袭来。

古有班超投笔从戎，大呼男儿志在万里。如今我陆游也在一片孤寒中秉承火一样的意志，即使屡受打击，也坚信自己将在万里边关立功封侯。虽年华老去，双鬓渐残，可我收复失地的报国之心将永存不灭。“鬓虽残，心未死”这一坚定的宣言，大有“老骥伏枥，志在千里”的豪迈。可在前面冠以“有谁知”，顿生无限悲凉。

《长亭怨·与李天生冬夜宿雁门关作》

清·屈大均

记烧烛，雁门高处，积雪封城，冻云迷路。
添尽香煤，紫貂相拥夜深语。苦寒如许！
难和尔，凄凉句。
一片望乡愁，饮不醉，垆头驼乳。

无处问长城旧主，但见武灵遗墓。
沙飞似箭，乱穿向，草中狐兔。
那能使，口北关南，更重作，并州门户？
且莫吊沙场，收拾秦弓归去。

香煤：焚香所用辅料，状如灰末，置于香炉中。此处用香炉主要为取暖。

垆：置酒的土台。

口北关南：指张家口以北地区和雁门关以南地区。

秦弓：古代秦地以出产良弓著名。

诗人屈大均生于明朝末年，明朝灭亡之后，他一直以遗民自居，南北奔走，力图抗清。他的知交好友李天生早年也积极从事抗清活动，曾前往塞上访求勇士，屡次北游雁门，南游三楚，力求恢复汉族政权。据推测，两人曾同游并夜宿雁门关，这首诗是后来屈大均追忆当时的场景。

一个“记”字将场景拉回从前，那是一个大雪压城、冻云弥漫的夜晚，前路阻塞又渺茫。两人只能宿在崇山峻岭中险要的雁门关附近，屋子里红烛即将燃尽，香炉也添了又添，两个人裹着厚厚的紫貂绒衣，一直交谈到深夜。

目前的形势显然不容乐观，“积雪封城，冻云迷路”既是对自然环境的描写，也映射出当时的政治环境——清王朝已经慢慢稳固统治，对一切抗清活动采取残酷镇压的政策，恢复遥遥无期，他们这些遗民的出路又在何方？

周围肃杀的寒冷和着心中的凄凉，让诗人顿觉苦寒难耐，悲愤不已，再听到友人的泄气话、凄凉句，情绪低迷至极点，再也难以就着这个话题继续下去。想到自己离家数千里，奔波劳碌却一事无成，心中一抹乡愁升起，于是借酒浇愁，但这驼奶酒却怎么都喝不醉，只能清醒着去咀嚼痛苦和思念。

下阕吊古伤今。“长城旧主”指的是战国时赵武灵王赵雍。赵雍即位时，赵国国力不强，时常受到各国欺侮，赵雍当政期间实行军事改革，让国人改穿胡服，学习骑射，使赵国慢慢强大起来。之后他攻打匈奴，抵御胡人，吞并了中山国，在位期间还修筑了一段长城，并且没有引起民怨。赵武灵王的势力曾经到达雁门关长城内外，所以诗人说他是“长城旧主”。

如今长城旧主已化为尘土无迹可寻，唯有一方坟墓尚在，坟墓周遭十分荒凉，狐兔流窜，沙石乱飞，与以往的辉煌霸业形成鲜明对比。此情此景令诗人不由感慨，像赵武灵王那样奋发图强、抵御外侮的英雄已不在，哪里还有仁人志士能够力挽狂澜，使张家口以北、雁门关以南一带的长城要塞，重新成为山西等内地门户的屏障呢？

清朝时，雁门关一带的长城失去了抵御异族入侵的屏障作用，是以诗人表达了对明朝遗留势力的失望，对当前局势的迷茫。但诗人并未自暴自弃，低迷过后，最后一句的情绪又转向高亢，诗人不愿在凭吊怀古中徒生悲慨，消弭斗志，而要收拾弓箭归来从长计议。屈原《九歌·国殇》有句云“带长剑兮挟秦弓”，屈大均向来以屈原后裔自居，将屈原作为自己的人生楷模，而他的一生也如同屈原一样“虽九死其犹未悔”，复明之志始终不坠。

《雁门关》

清·朱彝尊

南登雁门道，骋望勾注巅。山冈郁参错，石栈纷钩连。
度岭风渐微，入关寒未捐。层冰如玉龙，万丈悬蜿蜒。
飞光一相射，我马忽不前。抗迹怀古人，千载多豪贤。
郅都守长城，烽火静居延。刘琨发广莫，吟啸扶风篇。
伟哉广与牧，勇略天下传。时来英雄奋，事去陵谷迁。
古人不可期，劳歌为谁宣。嗷嗷中泽鸿，聆我慷慨言。

勾注：山名，在今山西代县西，亦名西陉山或陉岭。雁门关亦在其间，故又名西陉关。
居延：即居延海，在今内蒙古自治区额济纳旗东北。汉时为匈奴所据。
广莫：晋代洛阳城的北门。
扶风篇：指西晋将领、诗人刘琨所作的《扶风歌》，中有“朝发广莫门”之句。
陵谷迁：《诗经·小雅·十月之交》中有“高岸为谷，深谷为陵”，喻历史变迁和人事无常。
劳歌：《公羊传》中“劳者歌其事”，指劳动的人用歌声诉说自己的艰辛。
中泽：沼泽之中，草泽之中。《诗经·小雅·鸿雁》中有“鸿雁于飞，集于中泽”之句，后以之喻困境。

康熙三年（1664年）冬天，诗人朱彝尊经由北道去往太原，途中路过长城要隘雁门关。冰天雪地里的雁门关，少了几分苍茫，多了几分凛冽，这首诗便是写当时的所见所思。

全诗分成三个层次，从“南登雁门道”至“我马忽不前”写登山度关所见。

这里层峦叠嶂，山峰林立，悬崖峭壁上供行人通过的栈道交错连接，地势之险峻无须赘言。山外寒风呼啸，寒气入骨，进入山谷后，风虽变小，但寒意丝毫未减。骑马走在长城关道上，城墙上结了厚厚的冰层，远远望去，宛如一条玉龙蜿蜒盘旋，绵延万丈。这万丈冰层射出的寒光凛凛生威，震慑得马儿都不敢往前。

停下脚步的诗人，望着这壮观宏伟的冰封长城，不由得想起历史上发生在此地的英雄事迹。

郅都，汉景帝时曾做过雁门太守，匈奴震慑于他的节操威名，无人敢靠近雁门，于是保得境内安宁。

刘琨，西晋将领，诗人，晋怀帝时任并州刺史，后任大将军，都督并州诸军事。当时北方动乱，少数民族政权崛起，刘琨长期守边，同少数民族政权作战，对安定北方、保卫王室起到了重要作用。西晋灭亡后，他据晋阳（今山西太原），力图恢复晋室。

而李广和李牧的英勇更是天下闻名，西汉“飞将军”李广镇守雁门关，他的威名让匈奴闻之胆战心惊，数年不敢侵犯。战国时赵国将军李牧长年征战雁门关，他足智多谋，作战勇敢，多次打败来犯匈奴。

诗中提及的四位将领都曾在雁门一带抵御外族入侵、建立功勋，想起他们的事迹，诗人心中定然有一种豪迈意气油然而生。

但是从“时来英雄奋”以下，诗人的情绪由缅怀英雄的昂扬变为低沉，不管英雄们以往何等辉煌，如今也早已化为历史的尘埃，如同沧海桑田无迹可寻。更可悲的是，眼下再也没有像他们一样的勇武之士，诗人心中的满腔热血又能向谁倾吐呢？只有沼泽中的鸿雁，听着他的慷慨言论。

在最后一部分，诗人表达了英雄不在、知音难觅的悲叹。但他何以有如此感叹，他慷慨言说又为何事？诗歌中没有明说，不过结合朱彝尊的身份，我们可以窥探一二。

朱彝尊身为明朝遗民，虽然后来入清为官，但早年曾秘密参加抗清活动，他同一生怀复明之志的诗人屈大均是好友。当他登临雁门关，想起历史上的名将，而前朝无人可用，恢复无望，心中悲凉便自然而生。也许是当时的言论和政治环境所限，朱彝尊只能通过委婉的方式传达出幽微曲折的心理感受。

榆林

榆林又称驼城，位于今陕西省北部，古城东依驼峰山，西临榆溪河。榆林城位于明长城以南，中国长城“三大奇观”之一镇北台，是榆林城南来北往的咽喉之地，明朝时为保护红山蒙、汉贸易市场而建。

榆林地区历史悠久，秦朝时属于上郡，大将蒙恬和公子扶苏曾在此监筑长城，以御匈奴。唐朝时，榆林一带设有银、绥、夏等州。榆林古城始建于明洪武三年（1370年），沿线长城经过成化、嘉靖、万历年间三次大规模的扩建，使榆林成为明长城九镇之一。虽然名称和属地几经变迁，但榆林作为长城要塞、边防重地的位置始终未变。

历代以来，不同时空、不同身份的诗人对榆林的吟咏从未断绝，抒写着他们各不相同的遭遇和心境。

“带雨晚驼鸣远戍，望乡孤客倚高楼”，潇潇暮雨、驼声悠悠中，晚唐诗人韦庄在新月如钩的扶苏城上眺望故乡，咀嚼孤独。

“我欲思投笔，期封定远侯”，北宋时榆林一带被西夏占领，宰相寇准在《塞上》一诗中，借榆林抒发了自己渴望建功立业、收复失地的豪情壮志。

“甲士解鞍休战马，农儿持券买耕牛”，对于戍守榆林的明朝将领杨一清而言，没有什么比这幅兵戈止息、百姓安居乐业的景象更令他欣慰的了。

“天下一家无内外，烽销堠罢不论兵”，比起戍边将领，清朝皇帝康熙有着更宏伟的理想和目标。他御驾亲征，途经榆林，通过《出塞》一诗书写了天下一统、海晏河清的理想，显示出一代帝王心怀天下的广阔胸襟和大一统的民族观。

《绥州作》

唐·韦庄

雕阴无树水难流，雉堞连云古帝州。
带雨晚驼鸣远戍，望乡孤客倚高楼。
明妃去日花应笑，蔡琰归时鬓已秋。
一曲单于暮烽起，扶苏城上月如钩。

绥州：唐绥州上郡，秦朝时属于上郡，后西魏置绥州，隋改为雕阴郡，治所在今陕西绥德。

单于：指曲调名，有《大单于》《小单于》等曲。

秦始皇统一中国后，为防御匈奴南侵，派大将蒙恬率军三十万，在秦、燕、赵三国原有长城的基础上，筑成了西起临洮、中经上郡、东至辽东的万里长城，其中的上郡，就是今天的榆林一带。榆林在今陕西北部，唐朝时于此设有银、绥、夏等州，这首诗就是晚唐五代诗人韦庄落第后流亡绥州所作。

绥州位于陕北黄土高原，自古以来就是边塞之地，诗歌首句便描写出了边地的荒凉景象。植被稀疏，水土流失，广袤苍茫的黄土地上，一座古城突兀而立，城墙高耸入云，传说中黄帝便埋骨于此地。“连云”从空间上突出绥州古城的巍峨高耸，“古帝州”从时间上写出古城的历史悠久，时空交织，开拓出一种辽阔、深邃的意境，同时也突出了绥州作为边防重地的特点。

颔联写诗人登楼远眺，本意是眺望故乡，结果却看到一番异域景象：潇潇暮雨中，一支驼队在大漠中缓慢跋涉，驼铃声悠悠，仿佛在诉说着戍边士兵的愁苦。

这幅迷蒙的边地风景，越发勾起诗人的漂泊之感和羁旅之思，他远离家乡，流落异地，如今独倚高楼而又望乡不成，眼中所见是黄沙细雨，耳中所闻是幽怨驼铃，心中的孤独和凄凉可想而知。

眼前的驼队渐行渐远，诗人望着这条通往塞外的道路，思绪不由陷入历史的深处，他想起了两个流落塞外的女子——明妃和蔡琰。明妃就是王昭君；蔡琰是东汉大儒蔡邕的女儿，字文姬，汉末动乱中，被匈奴掳走，十余年后才得以回到故土。“花应笑”指花开得正好，诗人想象着昭君出塞时青春的模样，而文姬归汉时恐怕已是两鬓斑白。两者都是才貌双全却身不由己，为命运捉弄，蹉跎一生。

诗人韦庄生逢晚唐五代，恰是藩镇割据、战火纷飞的乱世，再加上屡试不第，一生辗转各地，跟昭君、蔡琰的经历相似，所以这里是借昭君和蔡琰来抒发自己的身世之悲。

末句由历史回归现实。“单于”本是匈奴首领，这里指边地传来的军中乐曲，诗人循声望去，烽烟冉冉升起，边关的氛围更加浓烈。

“扶苏城”指秦上郡故城，公子扶苏因反对秦始皇“焚书坑儒”的政策，被派到上郡监督蒙恬的军队修筑长城。秦始皇以为有了山河之险、长城之固，便可将帝王基业传至万世，结果扶苏被赵高、李斯所害，自杀于上郡，而秦朝历二世便亡。

如今在扶苏城上，望着一弯残月，微光隐隐，诗人想起自己身处的大唐末世，日薄西山，大厦将倾，自己空有才华与抱负，却生不逢时，不能有所作为，这不仅是个人的悲剧，更是时代的悲剧。末句妙在诗人所有的情感都不是直接抒发，而是通过景物渲染烘托，含不尽之意于言外，给人留下无限的想象空间。

《塞上》

北宋·寇准

春风千里动，榆塞雪方休。
晚角数声起，交河冰未流。
征人临迥碛，归雁别沧州。
我欲思投笔，期封定远侯。

榆塞：榆林一带长城要塞，这里泛指边塞。

交河：古河流名，这里代指塞北的河流。

迥：远。

沧州：指南方多水的地方。

榆塞就在今天的陕西榆林，因地处榆溪之畔，也称榆溪塞。秦时大将蒙恬率军在北方抗击匈奴，筑石为城，种植很多榆树作为城塞，榆塞之名大概由此而来。后来经过历史的积淀，榆塞也成为边塞、边关的代名词，北宋宰相寇准这首《塞上》就是借写榆塞来抒发自己的边塞之情。

首联写边塞的气候，榆林地处陕北荒寒之地，春天注定比南方来得晚一些，当中原大地已经春风拂面、姹紫嫣红开遍之时，榆林边塞的冰雪才开始消融。

这种天寒地冻的环境对于戍边的将士来说，是十分不利的，因为塞北的河流依然是冰封千里，这就给了游牧民族可乘之机。他们可以踩冰渡河，发动侵袭。颔联自然过渡到边关战争气氛的书写，每每到了傍晚时分，军中的号角声便响起，说明防守的形势很是严峻，戍兵们丝毫不敢懈怠，是一幅临战的景象。

寒冷的天气，紧急的军情，肃杀的氛围，个中艰辛可想而知。颈联便通过对比，突出戍边士兵的辛劳，当他们为了国家的安危、边塞的安定，不远万里驻守荒漠、日夜警戒之时，边境上空飞过一行行北归的大雁，可是雁有归而人不归，思乡之情、漂泊之苦不言而喻。但诗人写边关之寒和戍边之苦，主要目的并非是作牢骚之语或抒哀怨之情，而是为了书写自己的边关之志。

诗歌的最后两句引用了“投笔从戎”的典故，东汉班超有大志，不甘于为官府抄写文书，后来弃文从武，追随窦固出击匈奴，又奉命出使西域，巩固了汉朝在西域的统治，保障了西域各族的安全和“丝绸之路”的畅通，官至西域都护，后封定远侯。诗人希望像班超一样，在国家有需要时，奔赴边塞，驰骋疆场，为国效力。这既是诗人对自己建功立业的期许，也是对天下有志之士的号召。

有宋一朝，同辽、西夏、金等多个政权并存，由于奉行“守内虚外”的政策，北方边患问题一直比较严重。

北宋时，榆林部分地区被西夏占领，榆林也成为宋夏反复争战之地。对于边患问题，朝廷内分为主战派和主和派，寇准是主战的一方，反对妥协投降。宋景德元年（1004年），辽兵南下犯宋，朝野震惊，皇帝及一些大臣意欲南逃。寇准反对南迁，力主真宗前往澶州（今河南濮阳）督战，从而震慑了敌人，稳定了军心，促使宋辽订立了“澶渊之盟”，此后宋辽维持了百年的和平局面。

从这首《塞上》，可以看到作为北宋名臣、位极宰相的寇准，身上那种不屈不挠、奋发有为的精神，这种精神是盛唐边塞精神的延续，这首诗也颇有盛唐边塞诗豪迈刚健的气概。

《闻种谔米脂川大捷》

北宋·王珪

神兵十万忽乘秋，西碛妖氛一夕收。
匹马不嘶榆塞外，长城自起玉关头。
君王别绘凌烟阁，将帅今轻定远侯。
莫道无人能报国，红旗行去取凉州。

妖氛：妖气，这里指敌军。

凉州：今甘肃武威，时为西夏占据。

随着疆界内缩，边防军事力量削弱，宋人的边塞吟唱中多有“人不寐，将军白发征夫泪”的苍凉，有“岁华向晚愁思，谁念玉关人老”的悲怆，唐人边塞诗那种自信豪迈、刚健明朗的风采渐趋式微。然而于这低迷沉吟中，也不时会有慷慨激昂之作，比如北宋宰相王珪这首《闻种谔米脂川大捷》。

北宋时期，党项族在西北地区建立政权。宋仁宗景祐五年（1038年），党项族政权首领李元昊脱宋称帝，去宋封号，建国号“大夏”，史称“西夏”。自李元昊建国，到北宋被金朝所灭，宋、夏之间在宁夏、陕西等西北边境地带发生了旷日持久的争夺战，大大小小的战争不计其数，各有胜负，米脂川战事便是其中一场。米脂，今为陕西榆林下辖县，米脂川即流经米脂城一带的无定河。

宋神宗元丰四年（1081年），北宋名将种谔率兵攻打米脂，西夏派八万军队援助，双方在米脂川展开大战，宋军大获全胜。有关双方交战的具体过程，我们已经不得而知，但通过诗人首句的刻画，可以想象北宋十万大军威风凛凛、飒沓而来的景象，西夏军队则胆战心惊、迅速落败。“神兵”形容宋军的英勇无敌，一个“忽”字突出宋军进军神速、出其不意，“一夕”用了夸张的手法，形容交战时间之短，显示出敌军战斗力之弱。

诗人不在前线，所以对此战的过程并未作细致的刻画，只是通过首两句凝练的笔法一带而过，而后着重写胜利的战果及喜悦激昂的心情。他想象着经此一战，必定是国威大扬，异族退却，榆林塞边不再有胡人牧马发出的马嘶之声，被西夏占领的失地得以收复，长城的驻点再次延续到玉门关外。

对于这场捷战的主帅种谔，诗人更是不吝赞美。唐朝时，唐太宗李世民为了纪念一起打天下的功臣，在长安城建凌烟阁，绘功臣画像置于其中。汉朝时，班超投笔从戎，北击匈奴，出使西域，战功赫赫，后封定远侯。诗人赞颂种谔此番战绩，足以像凌烟阁的功臣一样被载入历史，甚至盖过定远侯班超。

若从实际情况来说，比起汉唐两朝边塞战争中的辉煌战绩，米脂川大捷或许不值一提。而种谔的战绩与班超相较而论，也远不如后者煊赫，这里明显有溢美之词。但考虑到宋朝的国情，我们也许能明白诗人的心情。宋廷重文轻武，军事力量薄弱，对外战争中是屡战屡败、败多胜少。长期战败的景况下，一场胜利足以让跌至谷底的人心昂扬振奋，有如触底弹簧一跃而起，甚至令人生出更多的希望和期许。

因此，在诗歌的最后，诗人发出勉励和期待之语，希望种谔能够趁胜挥戈，收复被西夏占领的凉州地区，洋溢着一股浓烈的爱国激情。

《孤山堡》

明·杨一清

簇簇青山隐戍楼，暂时登眺使人愁。
西风画角孤城晓，落日晴沙万里秋。
甲士解鞍休战马，农儿持券买耕牛。
回思未筑边墙日，曾得清平似此不。

甲士：披甲的战士，泛指士兵。

明朝时，榆林作为边关要塞的地位进一步凸显，先是建立榆林寨，后置榆林卫，筑卫城，并经过三次大规模拓展，随着榆林境内长城修筑完成，榆林成为长城线上的九边重镇之一。

明正德元年（1506年），杨一清出任三边总制，他主持兴修榆林长城边墙，长城沿线分布着一座座关堡，而孤山堡就矗立在榆林东段的长城沿线，其遗址位于今榆林下辖县府谷。这首诗以“登眺”二字展开全篇，写诗人登上孤山堡后的所见所感。

首先映入眼帘的是一座座青山，山间隐约可见军营戍楼一角。戍楼是古代边防用以防守、瞭望的岗楼，往往依高处而建，而诗人登高望远却见到戍楼被青山遮蔽，可见山势险要。望着望着，一缕愁绪涌上心头，至于愁的是什么，又因何而起，诗人并没有明说，但是从颔联的景物描写中，我们可以窥测一二。

颔联选取的都是极富边关特色的典型景物——“西风”给人寒凉之感，“画角”声庄严肃穆，“孤城”说明地处荒凉。诗人用简练的笔触描写出孤山堡早晨与傍晚的风景：塞外已入秋，破晓时分，西风呼啸，这座边陲孤城中响起号角声，划破了清晨的宁静；傍晚来临，昏黄的落日余晖笼罩了万里黄沙，放眼望去，处处都染上了浓重的秋意。置身这边关塞漠，恐怕很难无动于衷，多多少少都会被这壮阔辽远又萧瑟肃杀的景物牵动，生出些孤独、惆怅的情绪。

但诗人并没有沉浸在这种情绪之中，他的目光转向民生——边境一带自古以来战乱不休，士兵死伤无数，然而今天诗人看到的却是士兵们解下马鞍休息，农民们持券去购买耕牛，这是一派安居乐业的和平景象。

这幅景象来之不易，昭示出国家的强大，也说明榆林一带的长城边防卓有成效。所以最后诗人发出感慨，回想长城边墙修筑尚未完善之时，恐怕是征战不止，民不聊生，哪会有今天这样的太平景象呢？诗歌后四句笔锋一转，从风景转向人事，情感也从之前的低沉转向高昂，愁绪全无，豪迈和自信之感油然而生。

《出塞》

清·玄烨

森森万骑历驼城，沙塞风清碛路平。
冰泮长河堪饮马，月来大野照移营。
邮签纪地旬馀驿，羽辔行边六日程，
天下一家无内外，烽销堠罢不论兵。

碛路：多沙石的道路。

冰泮：冰冻融解。

邮签：驿馆、驿船等处夜间报时用的竹签。

1690年至1697年，清康熙帝三次御驾亲征漠北，目的是平定噶尔丹叛乱。

身为蒙古准噶尔部的首领，噶尔丹在沙皇俄国的怂恿和暗中支持下，大举进犯漠南，企图自立为王，割据一方。为了捍卫国家统一和民族团结，康熙帝决定御驾亲征，彻底消灭这个隐患。经过两次有力的军事行动后，叛军基本力量被歼灭，只剩下残余势力负隅顽抗。

康熙三十六年（1697年），康熙帝第三次亲征，率领大军渡过黄河，从府谷、神木经榆林抵达战场，噶尔丹的手下纷纷败逃，走投无路的噶尔丹服毒自杀，分裂内外蒙古的阴谋以失败告终。这首诗书写了清军在榆林行军的景况，展现了一个帝王的胸襟与抱负。

榆林，又名驼城，一说因为东靠驼峰山，也有说因为榆林地处半沙漠地带，陆上交通主要靠骆驼，每天骆驼往来不绝，驼铃声声，故有此称呼。皇家军队行至榆林，可谓千军万马呼啸而来，马蹄声飒沓又齐整，声势震天，“森森万骑”表现出军队的磅礴气势。

次句提及榆林的环境，榆林地处黄土高原和毛乌素沙漠的连接地带，历来风沙不断，土地沙化严重，清雍正年间甚至出现“风卷沙土与城平”的景象。但是康熙率领大军行经时，却是一派天朗气清，沙路平坦，一路畅行无阻。以往肃杀荒寒的边关沙漠，此时隐去峥嵘，显露出平和柔顺。

颔联选取了“饮马”和“移营”两个行军中的典型动作，高度概括了大军在榆林行进的过程。“饮马”即喂马喝水，“移营”指转移营地。军士们在冰层消融的河边喂马，在月下荒野中拔营前行。冰雪刚刚融化，不可谓不寒冷，但军士们丝毫没有流露出苦寒之意，而是“堪饮马”。“堪”字意为刚好、正适合，显示出军士们乐观积极的心态。

月下行军，不可谓不艰苦，但军士们也没有流露出疲惫之态。按照邮路驿站的传递速度来算，需要十多天才能走完的路程，骑兵们快马加鞭，只用了六天就从内地抵达了边关。康熙率领的这支军队不仅人数众多，而且不畏艰险，具有卓越的战斗力和昂扬的士气。

不过作为清王朝的皇帝，康熙所期冀的不只是一次叛乱的平定，一场战争的胜利。在他看来，战争无论胜负必然会有流血和牺牲，他希望的是天下统一，各民族间不分内外，亲如一家，兵戈止息，百姓安居乐业。

在诗歌的末尾，康熙抒发了国家一统、海内清平的宏图伟志，显示出一位帝王广阔的胸襟，以及大一统的民族观。

萧关

萧关，又称汉萧关、三关口，是关中四大关隘之一，位于今宁夏固原东南，是萧关古道的咽喉之地。萧关为秦代所置，因其在西汉时逐渐发展为一代雄关，故被称为“汉萧关”。北宋时，萧关正处于北宋与西夏的交界地带，为防御西夏，北宋在原汉代萧关北100公里处又筑萧关，史称北萧关。

秦汉时期，萧关是战争频发之所。诗人陶翰的《出萧关怀古》描绘了曾经弥漫在萧关上空的战争烽烟，“刁斗鸣不息，羽书日夜传”，军情之紧急，战况之激烈，可见一斑。因此，诗词里兵戈暂息的萧关尤为令人放松与愉悦，“萧关扫定犬羊群，闭阁层城白日曛”，诗人耿湋《上将行》里的萧关，显露出硝烟远去、和平安宁的景象。

由于位处塞北大漠，诗人笔下的萧关自有其异于中原的奇情壮采。“大漠孤烟直，长河落日圆”，路过萧关的大诗人王维简笔勾勒出一幅雄浑壮阔的大漠美景，令无数读者神往不已。不过，对于送好友去往萧关的诗人岑参来说，他想象中的萧关唯有衰草连天，荒凉一片——“凉秋八月萧关道，北风吹断天山草”。

《出萧关怀古》

唐·陶翰

驱马击长剑，行役至萧关。
悠悠五原上，永眺关河前。
北虏三十万，此中常控弦。
秦城亘宇宙，汉帝理旌旃。
刁斗鸣不息，羽书日夜传。
五军计莫就，三策议空全。
大漠横万里，萧条绝人烟。
孤城当瀚海，落日照祁连。
怆矣苦寒奏，怀哉式微篇。
更悲秦楼月，夜夜出胡天。

五原：古地名，在今宁夏盐池县境内。

北虏：指匈奴。

瀚海：沙漠。

盛唐时，士子大多怀有驰骋沙场、建功立业的理想，诗人陶翰也是其中之一。他策马扬鞭，身负长剑奔赴边塞，来到著名的萧关。

萧关是长城史上最早的关口之一，自古以来就是关中通往塞北的要冲，山连诸峰，地势险要，乃兵家必争之地，战争频发之所。诗人登临五原，眺望萧关的山河，心中会掀起怎样的波澜？

诗歌前四句交代行止，引出下文的怀古之思。从“北虏三十万”后八句，诗人透过眼前的萧关，追忆历史上的战争。萧关是边关要塞，秦汉时期匈奴数十万大军常在此地拉弓挑衅，成为北方边境的主要威胁，秦始皇修筑长城来抵御匈奴的侵犯，汉武帝也屡次出兵攻伐匈奴，以绝边患。

诗人没有正面描写战争场面，而是选取典型事物“刁斗”和“羽书”侧面渲染，军中值夜巡更的铜锅响个不停，汇报军情的紧急文书日夜相传，战况的激烈和形势的紧急可见一斑。

然而秦皇汉武的抵御策略成效如何呢？从“五军计莫就，三策议空全”句可知结果不尽如人意。汉武帝元光二年（公元前133年），韩安国、李广等五位将军埋伏兵马于马邑，设“马邑之围”，引诱匈奴单于深入，被单于发现，未能如愿，故曰“计莫就”。三策指周、秦、汉以来的边关政策，汉朝大司马严尤认为三代都无上策，对于边境外族入侵不过是流于议论和空谈罢了。

诗人不仅仅是追忆历史，也是在影射现实，与北方游牧民族的战争历朝历代都在上演，而今萧关依然是烽火连天，战乱不休，战火从秦汉一直蔓延到唐朝，而统治者未能采取有效措施，永绝祸患。这两句揭示出边境问题的复杂性与持久性，也显示出诗人对边塞战事的关心和忧虑。

“大漠”后四句写景，沙漠无边无际，绝少人烟，只有萧关城楼孤零零地矗立其中，昏黄的落日即将隐没于祁连山脉之下，呈现在我们眼前的是一幅苍茫、萧条、凄凉的景象。这样的景象既是由于自然环境的恶劣，同时也是征战不休带来的后果。

后两句诗人由边关之景想到长期戍守边关的士卒，“苦寒奏”和“式微篇”都是指历史上的诗篇。曹操曾作《苦寒行》，写冰雪中行军的艰苦。《诗经·邶风·式微》有“式微，式微，胡不归”之句，后人用作思归之意，诗人借此表达征夫长期守边的艰辛，以及思家不能回的无奈。而征夫们远在家乡的妻子，夜夜望着楼中的月亮，思念着远在边关的丈夫，盼望着他能早日归来，然而盼来的注定只有失望。结句笔调深婉哀切，表达出对征夫、思妇由衷的同情。

不同于初盛唐时期歌颂英雄战斗精神的边塞诗歌，这首诗着眼于描写边关战争的永无休止，揭示出战争的危害，以及给士卒带来的苦难。

《使至塞上》

唐·王维

单车欲问边，属国过居延。
征蓬出汉塞，归雁入胡天。
大漠孤烟直，长河落日圆。
萧关逢候骑，都护在燕然。

问边：出使边塞。

属国：汉时称归附的部落或国家为属国。

候骑：担任通讯和侦察的骑兵。

燕然：山名，即今蒙古国境内杭爱山，泛指边塞。

唐开元二十五年(737年),唐朝的内廷并不平静,宰相张九龄因党争被排挤出京城,而受过张九龄提拔的王维也受到了牵连。恰逢河西节度使崔希逸大破吐蕃,玄宗命王维以监察御史的身份出使凉州,慰问边关将士。可名为慰问,实为疏远,不然何以只有单车出行,简陋而寥落。诗人出使边塞途中,路经萧关,写下了这首著名的《使至塞上》。

通过诗篇的开始我们可以想象,广阔无垠的边关塞漠中,一辆马车踽踽独行,嗒嗒的马蹄声听起来清晰又落寞。车中之人望着越来越不同于中原的陌生景物,一种孤独感油然而生。他感觉自己就像飘飞的蓬草一样被风吹出汉人的领域,又像北归的大雁飞入胡人的天地。这里诗人用了“征蓬”“归雁”来作比,形容游子离乡、漂泊无依的心境,这种心境不仅仅是由离开故土所引起的,恐怕更多的是政治上被排挤被疏远而导致的。

颈联描写途中所见的边塞风光:苍茫辽阔的大漠之中,一缕狼烟从烽火台燃起,直升上空。绵长开阔的河面之上,一轮圆日落浮其上,霞光铺满了水面。

为什么烟会是直的?因为这里不是一般的轻烟,风一吹便逶迤四散,而是边防报警时点燃狼粪升起的烟雾,烟浓而直,风吹不散。一个“直”字既写出了边塞狼烟的奇特,又赋予“烟”以劲拔、坚毅的美感。

用“圆”字来形容落日，看似普通，细思则拍案称奇，边关不似江南“山外青山楼外楼”，而是草木稀疏，地广人稀，没有任何遮挡的落日一览无余，近在眼前，诗人最直观、最强烈的感受便是它的浑圆。

这两句选取典型景物，简笔勾勒，富有线条美和画面感，形象生动地描摹出大漠的雄浑和壮阔。诗人的孤寂落寞融入这苍茫的大漠中，仿佛滴墨入水，顷刻间被消释溶解。

结尾如果写自己到达元帅营地的情景，便有些平直，但诗人匠心独运，曲笔为之，写自己行至萧关，遇到了军中的侦察兵，从他那里打探到都护正在燕然山。

都护在燕然山发生了什么，甫一展开便戛然而止，留给人无限的遐思。

燕然山即今天蒙古境内的杭爱山，东汉大将窦宪大败匈奴后，在燕然山刻石记功而还，但崔希逸破吐蕃不会在此地。因此这里的燕然山并非实指，而是隐喻崔希逸正在前线英勇作战，并取得了像大将窦宪一样振奋人心的胜利，笔调豪迈昂扬，与前面雄浑壮丽的大漠风光相得益彰，呈现出盛唐气象。

《塞下曲四首·其一》

唐·王昌龄

蝉鸣空桑林，八月萧关道。
出塞入塞寒，处处黄芦草。
从来幽并客，皆共沙尘老。
莫学游侠儿，矜夸紫骝好。

幽并：幽州和并州，今河北、陕西和山西的一部分。
游侠：古指轻生重义、勇于救人急难的人。这里指争强好胜、轻视生命的年轻人。
紫骝：紫红色的骏马。

边塞的秋天总是来得早一些，当中原大部分地区依然草木繁盛，八月的萧关道路上，入耳的已是寒蝉的鸣叫，声嘶力竭，唱响生命的尾奏。

首句“空”字用得极妙，一方面写出桑叶纷纷凋落以后，树林里空荡稀疏的情景；另一方面，蝉的鸣叫清晰可闻又越发衬托出桑林的空旷。不仅如此，这里植被稀少，入秋更甚，所见最多的就是枯萎泛黄的芦草。

行人从中原行至此地，最直观的感受恐怕就是一个“寒”字，寒意侵入自然，吹落了桑叶，枯萎了芦草，也渗入人的身心，所以这个“寒”不仅是对自然环境的描写，同时也是主观心理的感受。诗歌前四句通过对八月萧关典型景物的描写，借助一“空”一“寒”，衬托出秋天边塞的萧条、单调和凄冷。

后四句写人事抒发感慨，虽然边关环境恶劣，但是古往今来渴望奔赴边塞建立一番功业的人数不胜数，特别是初盛唐时期，游侠尚武的风气很浓，再加上受朝廷重武轻文的政策影响，很多士人以投笔从戎、驰骋沙场为荣，希冀在战场上实现自己的人生价值。

初唐四杰之一的杨炯在《从军行》中写“宁为百夫长，胜作一书生”；连身体羸弱的李贺都曾高呼：“请君暂上凌烟阁，若个书生万户侯？”士人们不再看得起皓首穷经的书生，纷纷渴望成为披坚执锐的战神。

王昌龄这首诗却有如当头棒喝，给当时这种尚武风气浇了一盆冷水—— 你看那幽州、并州的豪侠之士，意气风发地奔赴边塞，可是能凯旋的又有多少呢？大部分不过是在荒凉的大漠中，日复一日，白白消耗自己的青春和生命，直到老死边关，在背井离乡中寂寥地走完一生。

诗歌的最后两句，诗人告诫那些尚武崇战之士，不要像游侠一样，夸耀自己的马健身壮，只看得到战争的好处却看不到弊端；只看得到功成名就的显赫，却看不到落日空城的孤独；只看得到战场上的壮怀激烈，却看不到刀尖下的生灵涂炭。

诗歌前四句描写边塞秋景，突出其衰飒与荒凉，后四句在此基础上抒发非战的思想情绪，情景相得益彰，发人深思。

《胡笳歌送颜真卿使赴河陇》

唐·岑参

君不闻胡笳声最悲？紫髯绿眼胡人吹。
吹之一曲犹未了，愁杀楼兰征戍儿。
凉秋八月萧关道，北风吹断天山草。
昆仑山南月欲斜，胡人向月吹胡笳。
胡笳怨兮将送君，秦山遥望陇山云。
边城夜夜多愁梦，向月胡笳谁喜闻？

楼兰：汉魏时西域国名，在今新疆若羌东北。
秦山：位于长安南部的秦岭山脉。
陇山：六盘山南段的别称。

唐天宝七年（748年），唐代著名书法家颜真卿奉命出使边塞，好友岑参写了这首诗为他送别。虽是送别诗，但全诗并无一一叙别之语，而是通过对胡笳声的描写来渲染边塞的凄凉，并寄托离别之思。

首句“君不闻”先声夺人，铿锵有力，让读者快速沉浸到胡笳声中。

胡笳是北方民族的管乐器，曲调悲凉。汉末动乱中，诗人蔡文姬被匈奴掳走，颠沛流离于边塞十多年，与匈奴左贤王育有二子。后曹操花费重金将其赎回，蔡文姬被迫抛下幼子，才得以回到中原故土。相传，此时蔡文姬创作了琴曲歌辞《胡笳十八拍》，以抒发离乱之苦、思念之痛，往后胡笳曲便往往用于抒发悲伤、哀怨的情感。

当这胡笳曲是由紫胡须、绿眼睛的胡人吹出来的时候，便笼上了一种异域情调，悲凉感又添几分，因此一曲尚未吹完，就足以令边关戍卒们黯然神伤。“愁杀”二字使用拟人和夸张的手法，胡笳声勾起的愁绪好似能将人杀死，淋漓地表现出胡笳声悲戚动人。

中间四句转入对边地环境的描写，并以胡笳之声衬托。诗人想象友人颜真卿即将去到的边塞，那八月萧关的道路中，寒意凛冽，北风呼啸，天山上的草木尽被吹折，一派肃杀荒凉的景象。尤其是到了夜晚，昆仑山巅一轮圆月泛着幽幽冷光，即将没入山后，此时胡人对着月亮吹起胡笳，那声音如怨如慕，如泣如诉。

诗人将胡笳声与边地景象融为一体，眼前所见荒凉衰败，耳中所听悲哀婉转，对于身临其境的孤独旅人而言，又是何等悲伤愁苦。此时的诗人尚未到过边塞，其中的萧关、天山、昆仑山并非友人此行必经或必达之地，这里只是用来泛指边塞一带。诗人连用几个富有边塞含义的地名，使得空间地域更加辽远广阔，胡笳声也显得更加渺远。

后四句由胡笳声的描写自然过渡到送别主题。就在这悲凉的胡笳声中，诗人即将送别友人，他想象离别之后，友人去往河陇边塞，自己留住京都长安，相隔万水千山，恐怕只有登上秦岭山巅，遥望陇地山峦上的云层，才能缓解对友人的想念。“秦山遥望陇山云”含蓄地传达出对友人的不舍之情。

末句自然而然地由自身过渡到对方，想象友人在边塞的心境——怕是夜夜会做思乡念友的梦。“向月胡笳谁喜闻”是反问句，即没有人喜欢听，此时如果有人对着清冷皓月吹起胡笳曲，只会加重内心的愁苦，叫人承受不起。

全诗以胡笳声开端，又以胡笳声作结，反复提及和渲染胡笳声，但丝毫没有重复多余之感，反而使缥缈悲凉的气氛贯穿始终，不言别情，但离别的愁绪始终萦绕。

《上将行》

唐·耿湋

萧关扫定犬羊群，闭阁层城白日曛。
枥上骅骝嘶鼓角，门前老将识风云。
旌旗四面寒山映，丝管千家静夜闻。
谁道古来多简册，功臣唯有卫将军。

上将：军中主将，统帅。
行：古诗的一种体裁。
曛：落日余晖。
骅骝：赤红色的马，泛指良马。

诗文中的萧关，总是硝烟弥漫、战乱频仍的，但这首《上将行》别具一格，让我们看到兵戈暂息的萧关，并成功塑造和颂扬了一位功勋卓著的老将形象。

诗歌首句视角很新，没有从常规的出塞行军等方面写起，对于战斗的场面也没有正面刻画，而是用“萧关扫定犬羊群”一笔带过，字句简练但意蕴丰富，“犬羊群”代指来犯的敌人。一个“扫”字把军队所向披靡的气势尽数流露，“定”字意味着对敌作战取得决定性胜利。边患已清，此时的萧关重重城门紧闭，在落日余晖下显得肃穆而宁静。

如果说首联是对战后萧关全景式的刻画，那么颔联便属于局部特写。颔联选取了战马、鼓角和老将几个具体事物，描写了这样一幅画面：日暮时分，战鼓和号角声响起，引得槽中良马嘶鸣相和，一时间声势震天，此时军中统帅——一位身经百战的老将立于城门之上，镇定自若地观望着天边的风起云涌。其中的“风云”是虚写，实指战争的形势。可见边关将士并未因为打了胜仗而有所懈怠，将领更是深谋远虑，随时关注局势变化。这两句声情并茂，虚实结合，以雄壮的气势衬托出统帅巍然自若的老练形象。

正是得益于老将统帅和士卒严守，才有了颈联中“丝管千家静夜闻”的画面。夜深人静之时，城中千家万户仍然传来丝竹管弦之声。与之相对应的是，城外关隘所在之地，寒山孤城四方插满旌旗，寒风中猎猎作响。城内百姓的宁静和平与城外驻地的庄严冷峻形成鲜明对比。

最后诗人不由得发出感慨：谁说古往今来的史书上，值得留名的只有卫将军呢？卫将军指汉武帝时名将卫青，卫青曾先后七次出击匈奴，为解除匈奴对汉王朝的威胁做出了巨大的贡献，封长平侯，拜大将军。

史书上记载的功臣名将当然不只卫青一人，但卫青确实是最为人熟知、称誉甚多的将军之一。这里诗人采用夸张的说法，意思是本诗中的老将也像卫青一样应该被载入史册。落笔掷地有声，气骨雄健，不以其他朝代偏以汉将作比，显示出唐丝毫不逊色于汉，流露出一种身处盛世的自信与豪迈。

酒

凉州

凉州，即今武威，曾名西凉，位于甘肃省中部。西汉时期，汉武帝在取得河西地区以后，为了保证这一地区的安全，开始在凉州修筑边防障塞。凉州位于河西走廊东端，作为丝绸之路上的军防重地，拥有极其重要的战略地位，一度成为东西方经济文化交流的重要枢纽。唐朝时，凉州发展成西北地区仅次于长安的繁华大都市,唐代的诗人共同描绘了历史上凉州的各个侧面。

“葡萄美酒夜光杯，欲饮琵琶马上催”，唐代诗人王翰的《凉州词》，描绘出一幅边疆军营宴饮图，极具异域风情和边塞情调。

“道傍榆荚仍似钱，摘来沽酒君肯否”，岑参来到凉州，童心大发，以闲适戏谑的笔触，记录下千年前凉州城内一幅和平安宁的景象，充满了诗情画意和生活气息。岑参不仅懂得欣赏凉州的人物，也善于描绘凉州的月色，“弯弯月出挂城头，城头月出照凉州”，高高升起的月亮照亮了整个凉州城，清幽而缥缈。

“安史之乱”后，凉州沦陷，繁华不再，往日熙来攘往通往西域的古道就此阻隔不行。“凉州四边沙皓皓，汉家无人开旧道”，王建《凉州行》一诗描写出凉州城黄沙弥漫的荒凉景象。“莫笑关西将家子，只将诗思入凉州”，生于凉州的诗人李益，则只能将对家乡的眷恋和深情倾注在诗歌当中。

明洪武年间，朝廷在凉州设立凉州卫，并在隋末凉州七城的基础上进行增修，形成了今日武威的雏形。

《凉州词》

唐·王翰

葡萄美酒夜光杯，欲饮琵琶马上催。
醉卧沙场君莫笑，古来征战几人回。

沙场：这里指战场。

汉武帝在取得河西地区以后，为了保证河西的安全，开始在凉州一带修筑长城，并设置凉州刺史部。

与长城沿线那些荒寒的边关城镇不同，凉州位于河西走廊的东端，水草丰美，人口会集，又是丝绸之路上的重要驿站，是历史上中原通往西域的必经之路，汉唐之时，凉州发展成西北地区仅次于长安的繁华大都市。西域的物产和艺术通过凉州传往中原，中西方文化在这里发生碰撞和交流，形成了独特的凉州文化，凉州文化又进一步影响到中原的文化生活乃至诗歌创作，这首《凉州词》便是凉州音乐影响中原文化的产物。

唐朝时，产生于凉州的音乐曲调“凉州曲”传入中原并迅速流传开来，上至宫廷贵族，下至梨园子弟争相传唱，唐代诗人创作了大量歌词来配合音乐演唱，王翰的《凉州词》就是其中之一。所以本诗诗题中虽然包含凉州二字，但并非确指凉州，这类诗歌更多的是描写河西一带的边塞生活，“凉州”也逐渐成为边塞文化的符号。

诗歌首句描绘了一幅边疆军营宴饮图，葡萄酒和夜光杯极具异域风情和边塞情调，也颇具凉州特色。凉州葡萄酒历史悠久，早在汉武帝时期，凉州人就从西域引进了葡萄种植和酿造技术，凉州的葡萄酒被视为宫中珍品。

相传，汉灵帝时，扶风人孟伦用凉州的葡萄酒贿赂权贵，得到凉州刺史的位置；魏文帝时立凉州葡萄酒为国酒，从此凉州葡萄酒名扬天下。早在周穆王时，夜光杯由西域向朝廷进献，杯由白玉雕琢而成，光可照夜。

晶莹剔透的夜光杯盛满红艳欲滴的葡萄酒，那该是多么地绮丽迷人，叫人只想举杯畅饮，不醉不归。然而酒未入喉，便被琵琶声扰乱了兴致，那琵琶声声急促，仿佛催促着军士速速离席上马，奔赴沙场。由此可知，这不是一场贵族文士富有闲情逸致的聚会，而是将士出征前最后的欢宴。

饮者并未因为琵琶声的催促而停杯起身，反是越发开怀豪饮、纵酒高歌，我们不免有些疑惑，出征前为何如此放纵，难道不怕稍后战场上醉眼惺忪，因此命丧沙场吗?

诗歌的最后两句给出了答案——即便醉卧疆场也请你们不要耻笑，你们看那古往今来战场上能够平安归来的又有几人呢?原来饮者不是不懂克制，只是太清楚战争的惨烈，也做好了必死的心理准备，他只是需要最后的狂欢和慰藉。

最后两句揭示出战争的残酷，使得诗歌笼罩着一种悲凉的氛围，但诗人并非以凄凄惨惨的形式来表现，而是以豪情消解和冲淡了凄凉感，同时表明视死如归的决心，使得悲凉之外又有一种慷慨悲壮的意味。

《戏问花门酒家翁》

唐·岑参

老人七十仍沽酒，千壶百瓮花门口。

道傍榆荚仍似钱，摘来沽酒君肯否？

沽：买或卖，首句意为“卖”，末句意为“买”。

花门：花门楼，凉州馆舍名。

榆荚：榆树的果实，形状似钱，色白成串，俗称榆钱。

岑参是唐代著名的边塞诗人，他一生两度出塞，历经边塞风光和军旅生活，留下了多首脍炙人口的边塞诗歌。他笔下有“北风卷地”和“八月飞雪”的边关风光，有“飞沙走石”“石大如斗”的沙漠奇景，也有背井离乡、漂泊塞外的羁旅之情。跟他惯于描写边塞的荒凉、肃杀的诗歌有所不同，这首《戏问花门酒家翁》富有诗情画意和生活气息，弥漫着一种闲适的心情。

唐玄宗天宝十年（751年），高仙芝调任河西节度使，岑参身为他的幕僚，追随高仙芝来到了凉州城，这首诗中的情景便发生在凉州城花门楼前。

或许是长途跋涉后在花门楼馆舍稍事休息，又或许是逛街游玩行至花门楼前，明媚的春光中，诗人被一位卖酒的老翁吸引了目光。那老翁看上去七十多岁，鹤发鸡皮，正热情地招呼着来买酒的客人，他的身旁堆满了酒坛。“仍”字写出了诗人的惊讶，按理说七十多岁的老人往往身衰体朽，不堪事务，可眼前这位老翁却卖酒卖得不亦乐乎，可见老人身体的硬朗与康健。“千壶百瓮”是夸张和虚写，未必真的有千百坛酒，只是说明老人卖酒之多，也暗示他生意之好。想必这酒香弥漫，分外醉人，说不定卖的就是闻名天下的凉州葡萄酒，引得诗人驻足流连。

诗人正欲上前询问，忽见路旁的榆树枝繁叶茂，饱满的榆荚如同串串铜钱一样悬挂枝头，他灵机一动，走上前去，指着那榆树道："老人家，摘下那树上的串串榆钱，来换您一壶美酒如何呀？"这两句若是直接写自己掏钱买酒，便显得平淡无味，但巧妙采取了"戏问"的方式，抓住了道旁榆荚似钱的特点，轻松、诙谐的笔调使得问话充满趣味和诗意。

诗歌到这里戛然而止，老翁作何反应我们不得而知，但从诗人敢于戏问我们可以猜测，这位老翁给人的感觉想必是和蔼可亲、热情好客的。对于诗人富有童心的打趣，他兴许会目瞪口呆，或是哈哈大笑，也说不定会免费请诗人畅饮一番。言有尽而意无穷，给人留下了无限的想象空间。

这首诗虽然描写的是边塞生活，但不再是由纷飞的战火、思乡的游子和垂泪的思妇组成，而是通过清新幽默的笔触，记录下一千多年前凉州城内一幅和平安宁的生活场景，透过诗歌我们仿佛能感受到那盎然的春意和醉人的酒香。

《凉州馆中与诸判官夜集》

唐·岑参

弯弯月出挂城头，城头月出照凉州。
凉州七里十万家，胡人半解弹琵琶。
琵琶一曲肠堪断，风萧萧兮夜漫漫。
河西幕中多故人，故人别来三五春。
花门楼前见秋草，岂能贫贱相看老。
一生大笑能几回，斗酒相逢须醉倒。

河西：汉唐时指今甘肃、青海两省黄河以西，即河西走廊与湟水流域。此处指河西节度使，治所在凉州。

唐玄宗天宝十三年(754年),岑参在赴北庭途中路过凉州,和以往河西幕府中的知交好友欢聚一堂,于馆舍中契阔谈宴,开怀畅饮,事后写下这首诗记录当时夜晚宴集的情景。

诗歌先从凉州的夜色写起,描绘了一幅月照凉州的景象,弯弯的月亮先是缓缓升起到城头,又从城头升至中天,清幽的月光笼罩了整个凉州城。前两句描摹出月亮升起的动态过程,随着月亮升至高处普照大地,我们的视野仿佛也随着无处不在的月光将凉州城内的景象尽收眼底。接下来,诗人通过一种俯瞰式的宏阔视野,展现出凉州的概貌。

呈现在我们面前的凉州,并非边塞常见的荒凉萧条,而是短短七里地便有十万人家的繁华景象。这是因为凉州虽位于边疆,气候寒凉,但地处河西走廊,自然条件相对优越,适合人口生存繁衍,再加上是沟通中西方的重要通道,盛唐时发展成全国著名的大都市。

我们可以想见白天的凉州该是何等人声鼎沸,热闹非凡。夜晚的凉州虽然退去了白日的喧嚣,但并非一片死寂,这里少数民族甚多,又多擅弹琵琶,所以夜晚的城中处处可闻琵琶声。

琵琶本就是来自西域的乐器,其声调以哀怨悲凉为主,再加上边关寒风萧萧,长夜漫漫,琵琶声和着幽寂的月光,也许勾起了思乡怀人的情绪,也许引起漂泊异地、功业未成的怅惘,总之搅得人愁肠欲断。

好在夜虽漫长，但此刻的诗人并不孤单，阔别数年的旧友再次重逢，宴会上推杯换盏、畅谈今夕，又是何等快意。那琵琶声勾起的哀情愁思也被冲淡，诗人的情绪重新变得慷慨激昂。

“花门楼前见秋草”说明又是一年春去秋来，时光易逝，再相聚可能已经生出华发几许。但诗人并没有被时间的洪流吞噬生命的活力和激情，而是高呼着“岂能贫贱相看老”，要把握有限的时光和生命，建立一番功业，这也是诗人多年辗转于边塞和幕府之间的主要目的。

但此时此刻，诗人只想把握当下，“一生大笑能几回”，人生总是聚少离多，和朋友欢聚的时光能有多少呢？既然如此，便趁着重逢的机会尽情开怀，不醉不归。

这首诗前六句主要写环境背景，通过月光、城头、琵琶等意象写出了凉州城既有大都市繁华的一面，又有边塞城市寒凉清寂的一面，既写出了凉州的异域风情，又暗示了凉州安宁和平的生活环境，情感渐趋低沉迂缓。后六句写酒宴欢会，情绪遂由低沉转向高亢，至末句更是掷地有声，一种属于盛唐的开阔胸襟和乐观精神荡然而出。

《边思》

唐·李益

腰悬锦带佩吴钩，走马曾防玉塞秋。
莫笑关西将家子，只将诗思入凉州。

吴钩：吴地所产的一种弯形宝刀。

玉塞：玉门关，这里泛指边塞。

唐玄宗天宝十四年（755年），安史之乱爆发，有如晴空一声惊雷，划破了大唐盛世歌舞升平的局面，带来一片兵荒马乱。此后河陇失守，凉州陷落，被吐蕃占领长达百年之久。中唐以来，无数的仁人志士渴望收复凉州，却壮志难酬，徒唤奈何，李益就是其中一员。

李益生于凉州，是汉代名将李广的后代，其父也做过武官，所以在诗中称自己为“关西将家子”。从前两句我们可以看到这位高门名将后代的风采，腰系锦绣玉带，身佩吴钩宝刀，从衣着服饰的描写中显出身份不凡、气度不俗。秋高气爽的时节，草黄马肥，北方游牧民族往往伺机侵扰边境，此时特别要加强边防，调重兵守关，所以称为“防秋”。诗人也曾骑着骏马，奔驰在边塞，参与防秋一类的军事行动。这两句一写形貌，一写行动，动静结合，一位英姿飒爽的白马壮士形象栩栩如生，呼之欲出。

以我们的期许，这样意气风发、勇武不凡的壮士，理应在战场上横扫千军而后封侯拜相，然而后两句笔锋一转，以“莫笑”领起——你们不要嘲笑我这高门名将之后，如今却只能将诗情融入“凉州”曲调之中。

李益擅长写七言绝句，每每成篇，便被教坊乐人索走，唱成歌辞。身为凉州人，写诗合乎凉州曲调也是自然，但这里的“凉州”不只是乐曲那么简单。李益生于凉州，长于凉州，八岁时安史之乱爆发，十七岁时河西被吐蕃侵占，家乡沦陷，昔日凉州的繁华被铁骑践踏成一地荒芜的碎片，这对于李益而言无疑是痛苦而屈辱的回忆。

他自称“西州遗民”，立志要收复失地，所以我们看到前两句中走马边塞、抵御入侵的李益，彼时的他必定抱着终有一天收复河陇失地的雄心壮志。

然而当下的现实却是，他在吟诗作赋中虚度光阴，在诗歌中咀嚼往日凉州的繁华旧梦，在凉州曲调中怀念家乡的风土人情，唯独无法真正地对战沙场，恢复家乡。诗思尚可入“凉州”，然而李益和他的家人，还有万千流离失所、背井离乡的凉州人却无法再入凉州。

诗歌前两句是诗人的自我写照，一种自信豪迈的情怀流露出来，富有理想和浪漫色彩。后两句书写现实困顿，抒发悲愤抑郁之情，苍凉悲慨。前后对照中显示出理想和现实的矛盾，个人理想的落空、时代的悲剧都展露无遗。

《凉州行》

唐·王建

凉州四边沙皓皓，汉家无人开旧道。
边头州县尽胡兵，将军别筑防秋城。
万里人家皆已没，年年旌节发西京。
多来中国收妇女，一半生男为汉语。
蕃人旧日不耕犁，相学如今种禾黍。
驱羊亦著锦为衣，为惜毡裘防斗时。
养蚕缲茧成匹帛，那堪绕帐作旌旗。
城头山鸡鸣角角，洛阳家家学胡乐。

汉家：汉朝，此处借指唐朝。
旌节：古代使者所持的一种仪仗，以为信物。
西京：即长安。

古代文言纪实小说《太平广记》记载了一件奇闻逸事：开元初年，唐玄宗在上阳宫观看灯会，召来道士叶法善陪同。东都洛阳灯会盛大非凡，错彩镂金，宛如仙境。叶法善却对玄宗说西凉府（凉州）的灯会盛况丝毫不亚于洛阳。玄宗心动不已，渴望前往西凉一观，在叶法善的帮助下，玄宗闭上眼睛腾空而起，再落地时便已身处西凉。只见西凉灯会连绵数十里，车水马龙，贵士、游女络绎不绝，令玄宗惊叹不已，沉醉良久方才返回洛阳。

这件事充满神异色彩，不足为信，然而据此我们可以了解到当时凉州的繁华足以媲美长安和洛阳，是连皇帝都为之震撼的程度。可惜，安史之乱以后，河西和陇右地区陷落，凉州城的一切繁华化为乌有，成了华胥一梦。王建这首《凉州行》就是写凉州被吐蕃占领之后的景象。

王建，唐中晚期诗人，字仲初，许州颍川（今河南许昌）人。王建擅写乐府诗，诗作题材广泛，同情百姓疾苦。

“凉州四边沙皓皓”以下六句写沦陷后的凉州繁华不再，凉州城四周黄沙弥漫，一片荒凉，往日熙来攘往通往西域的古道就此阻隔不行。凉州边城从唐王朝的西北重镇沦为胡人的统治区域，处处可见胡兵驻守，朝廷的守边将士只能在别处重新修筑防御工事，以预防秋天游牧民族对中原地区的侵袭。

旷日持久的战争给百姓带来了深重的灾难，无数万里从征的战士埋骨沙场，朝廷却年年发令输兵到边塞，然而注定是徒劳无功。安史之乱后，唐王朝国力衰落，藩镇割据严重，军阀们拥兵自立，朝廷既无力也无人能收复失地。

战争一方面带来了杀戮和苦难，另一方面也促进了民族的交流与融合。“多来中国收妇女”以下便较为客观地书写了吐蕃统治下的凉州，胡汉之间相互影响和融合的景象。吐蕃人在边境掳掠中原的女子为妻，生下来的孩子一半会说汉语。

“为惜毡裘防斗时”用了汉代的历史典故，汉文帝时，宦官中行说投降了匈奴，他让匈奴人穿着绸缎衣服到荆棘丛中驰骋，将衣服勾得破烂，然后和匈奴人说绸缎不如毛织品耐穿，让匈奴人不要穿汉服以避免沾染文弱之气。

以游牧为主要生存方式的吐蕃人，如今也学会了农耕、养蚕和织绢，他们用绢帛做成旌旗围绕在营帐周边，驱羊牧马时也穿着中原人的锦缎衣服，把传统的毛毡和兽皮收起来，留待作战时穿。可见吐蕃人虽然受到中原物质生活的影响，但并未沉迷享乐，而是借助农桑生产来增强武备。

“城头山鸡鸣角角，洛阳家家学胡乐”写胡人对汉人的文化影响。城里的鸡都开始报晓了，洛阳权贵家里却依然歌舞升平，胡乐醉人。比起胡人学习中原的生产技术，汉人却沉迷于宴乐，对比中凸显和讽刺了中原朝廷的安逸腐化、不思进取，也隐含着对国势日下、失地无望恢复的忧虑。

嘉峪关

嘉峪关位于甘肃省嘉峪关市西5公里处最狭窄的山谷中部，是明长城最西端的关隘，也是明长城中保存最完整、规模最宏大的军事防御体系。明代大将冯胜在一次征讨河西的军事行动后，途经嘉峪山，见此地地势险峻，形成天然锁钥，于是选址设关，以巩固西北边防，嘉峪关由此诞生。

自古以来，嘉峪关就有“天下第一雄关”的美誉，它的雄浑壮丽令无数诗人叹为观止。清末的民族英雄林则徐将它与函谷关对比，“谁道崤函千古险，回看只见一丸泥”，素来以险要著称的函谷关，在恢宏壮阔的嘉峪关面前，竟然不值一提。

作为中原通往西域的要道，无数仁人志士由此出关西行，演绎了一场场或悲或喜的人生剧集。清末大将左宗棠无疑是其中浓墨重彩的一位，重修嘉峪关、抬棺出征、收复新疆，每一桩功绩都足以名垂青史，他指挥部下在边疆种下“左公柳”，多年后令他的同乡杨昌浚惊叹不已，“新栽杨柳三千里，引得春风度玉关”，那盎然的绿意为荒凉的戈壁带来了春天。

当然也不乏像史善长和洪亮吉这般被贬至此的文人，不知是否受到嘉峪雄关的感染，比起以往的边塞诗词，他们的诗篇中少了几许凄凉，多了几分豁达乐观。“平生每厌尘环窄，天外如今一举头”，洪亮吉不以贬谪为念，敞开胸怀拥抱塞外更广阔的天地；“日月无中外，轮蹄自去来”，史善长笔下的嘉峪关，不是割断中原和西域的壁垒，而是沟通中外的桥梁。

《嘉峪晴烟》

明·戴弁

烟笼嘉峪碧岧峣，影拂昆仑万里遥。
暖气常浮春不老，寒光欲散雪初消。
雨收远岫和云湿，风度疏林带雾飘。
最是晚来闲望处，夕阳山外锁山腰。

岧峣（tiáo yáo）：形容山势高峻。

昆仑：这里指祁连山，嘉峪山是它的支脉。

明朝建立之后，蒙元的残余势力退居到塞北大漠，却依然威胁着边境的领土和安宁。明洪武五年（1372年），征西将军冯胜在击退河西蒙古势力之后，行经嘉峪山，见山的西麓有一狭窄隘口，祁连山和黑山在此南北对峙，形成天然屏障，于是决定就地置关，以加强河西地区的边防，这就是后世天下闻名的长城雄关——嘉峪关。

在瀚海戈壁之间，为军事防御而生的嘉峪关，在大众的印象中理应是庄严肃穆的，即便是美，也应是带着几分粗犷和荒凉的美。但是通过明代诗人戴弁这首《嘉峪晴烟》，我们看到了不一样的嘉峪关。

在雨后初霁的天气，诗人于公务闲暇之时，登临嘉峪关远眺，只见南面的嘉峪高山翠色逼人，烟雾氤氲，宛如人间仙境。更远处的祁连雪山影影绰绰，绵延至远方。正当冬去春来，冰雪消融，寒光散尽，空气中弥漫着暖人的春意。刚下过一场春雨，雨虽已止，山林间雨珠犹挂，云雾缭绕，阵阵清风拂过山岗，山林间的白雾有如丝带飘拂流动，美不胜收。

最令诗人难以忘怀的是日暮时分，一轮晕黄的落日悬挂在半山腰上，雨后的阳光明亮而不刺眼，为山林万物笼上了绮丽而柔和的霞光。“夕阳山外锁山腰”中的“锁”字用得精妙，写出了落日余晖将山峰笼罩的情景，仿佛夕阳眷恋山峦不肯离去，实际上通过拟人的手法寄托了诗人的沉醉，眼前的夕阳山景令人心醉神迷，他希望时光和画面定格，让这无与伦比的美景镌刻成永恒。

“嘉峪晴烟”是肃州八景之一，诗人以亲临者的深情，借助优美的语言为我们描绘出这一美景的动人画卷，有着不输于江南烟雨的诗情画意。

关于嘉峪晴烟还有一民间趣谈，据说当年修建嘉峪关之时，数万民夫露天设灶，蓬蒿为柴，戈壁滩上整日整夜烟雾弥漫，嘉峪关建成后工人散去，这些烟雾却经久不散，越是晴天越是显眼。有一年，西方流窜来一帮匪寇，想进攻嘉峪关，劫掠人口钱财。当他们潜至关外几十里处，发现关内烟雾弥漫，流寇头领以为是大军在造饭，于是心生畏怯，下令撤退，自此“嘉峪晴烟”便传为美谈。

《行抵伊犁追忆道中闻见率赋六首》

清·洪亮吉

嘉峪关前夕雾收，布隆吉后晓星浮。
马毛作雪明千里，龙气成云暗一州。
冰谷对床声乍噤，火山当户汗仍流。
平生每厌尘环窄，天外如今一举头。

布隆吉：地名，在今甘肃省酒泉市瓜州县布隆吉乡。
火山：又称火焰山，在今新疆吐鲁番境内。

在交通落后的古代，对很多人来说，前往边塞一带意味着离别、孤独甚至死亡，但清代诗人洪亮吉显然不这么认为。

嘉庆年间，洪亮吉因为上书言事触怒了皇帝，得罪了权贵，被贬谪到新疆伊犁。面对仕宦生涯的重大变故，他却能泰然处之，西行一路上吟风赏雪，觅史寻踪，赞叹西北壮丽景观，记录边塞风土人情，这首诗就是他回忆和书写途中见闻系列之一。

诗歌首两句交代行踪，诗人于傍晚时分出了嘉峪关，彼时夕阳西下，烟雾弥散于无边夜色中。不知走了多久，他来到了沙州卫所布隆吉，启程时正是清晨时分，曙光未明，天空中还挂着点点明星。嘉峪关和布隆吉都是极具边关特征的地名，间接说明诗人已经离开中原故土，踏上了西北塞上的疆域，接下来所见所闻必然与中原大有异趣。

他途经茫茫草原，随处可见骏马奔腾，马毛洁白若霜雪，明亮耀眼，精神不由得为之一振。天气转阴时，云气由四方汇聚，铺天盖地而来，天低云阔，黑云压境，令人惊心动魄。诗人曾在冰川雪谷旁休息，床榻正对着那冰雪奇境，纵有心吟咏，然而寒气凛冽，冻得他牙关打战，四肢僵硬。他也曾近距离观望过火焰山，即便是在料峭寒冬，也依然令人汗如雨下。

如果是一个心态悲观的人，身处诗人的境遇，面对这完全陌生的风物，大概率将其当成磨难和困苦。但从诗歌最后两句可以看到，洪亮吉是一个乐观豁达、随遇而安的人。来到塞外的他不仅没有丝毫被贬的失意落寞和背井离乡的孤独寂寥，反而感到如鱼得水。他直言自己早已厌倦官场的束缚，那些条条框框令人身心疲惫，如今来到广阔的塞外天地，终于可以昂首阔步，舒展自我，仿佛雄鹰飞出困笼，终于可以自由翱翔于碧海青天。

在这种乐观积极心态的影响下，洪亮吉的塞外贬谪生活过得多姿多彩。他抵达贬所惠远后，不以个人得失为念，寄情山水，吟诗作赋，将伊犁见闻详载于日记诗文中，为后人留下了宝贵的研究资料。而他的前一任屋主，据说因为遭遇贬谪后一直心情不舒，又被“鬼”惊扰，竟郁郁而终。

以往的边关诗歌中多忧郁悲凉之作、幽愤哀苦之吟，洪亮吉这首诗情韵上不落凡俗，昂扬向上，景物描写脱略荒凉之气，雄奇壮观。诗人达观超然的人生态度更是令人心胸开阔。人生无常，不如意事十之八九，当无法改变境遇时，比起低头厌尘土，不若仰首望星辰。

《进嘉峪关》

清·史善长

一纸将军令，重门六扇开。
当关资虎将，题壁费鸿裁。
日月无中外，轮蹄自去来。
酒泉明日到，小憩尽残杯！

鸿裁：鸿文，即巨著、大作。

轮蹄：车轮与马蹄，代指车马。

嘉峪关作为明长城最西端的关隘，西行出关者一想到前路渺茫、黄沙衰草，很难不生出背井离乡的哀愁，所以自古有民谣唱道：“出了嘉峪关，两眼泪不干。前面戈壁滩，后面鬼门关。”但对于由塞外入关者来说，心境却截然相反，进入嘉峪关意味着回归故土，彷徨的心灵得到安定和栖息。史善长这首《进嘉峪关》就写出了入关时轻松明快的心情。

清朝中期文人史善长因事获罪，被贬往新疆伊犁，三年后遇赦放归。诗歌首两句交代背景，诗人得到回朝的诏书和通行令，再次回到嘉峪关，关城一扇扇重门向他敞开，仿佛在欢迎他的回归。他解除了戴罪之身，卸下了心灵的重担，此时的心情自然是激动而快慰的。不必像出关时仓皇地赶往贬所，这一次他可以悠闲地感受和品味嘉峪雄关的魅力。

大凡亲临嘉峪关的人，很难不被它的雄伟壮丽震撼，史善长也不例外。但他没有像以往的诗人那样，着重描写嘉峪关的建筑景观和险要地势，而是从人文的角度侧面烘托。诗人感慨镇守此关的当是最勇武的猛将，题在关城墙壁上的诗文也应是鸿篇巨制，才能与嘉峪关的宏伟壮观相契合，“虎将”和“鸿裁”不仅衬托出嘉峪关的宏大气魄，而且增加了关城的人文色彩。

与三年前身处嘉峪关的自己相比，诗人变化的不只有心境，还有对待人生的态度。三年前的他，专注于个人的荣辱得失，仕途的坎坷给他带来沉重的精神打击，即将踏上的新疆的土地对他而言意味着荒凉的异域，所以出关诗写得声泪俱下、幽怨悲切——“凄绝咽无声，谁识此时情？”（史善长《出嘉峪关》）

然而塞翁失马，焉知非福。塞外的广阔天地，开阔了他的眼界和胸襟，让他对人生有了新的体悟，此时站在嘉峪关回望塞北，回顾贬谪生涯，他的心静如止水，恰如苏轼在《定风波·莫听穿林打叶声》一词中所言：“回首向来萧瑟处，归去，也无风雨也无晴！”在他眼中不再有西域和中原之别，都是祖国的大好河山，同处于一片日月之下。不论是大漠孤烟还是小桥流水皆有可观，车轮马蹄来来去去，本是人生常态，无须惊慌也不必忧愁，心安处即是吾乡。

颈联两句既表现出了诗人旷达从容的人生态度，同时也流露出一种民族自豪感和自信心。新疆当时属于清王朝的统辖范围，“轮蹄自去来”说明边疆安宁和平，止息了战乱和厮杀，诗人这些放逐之臣才能来去自如，没有性命之忧。

最后诗人展望未来，出了嘉峪关第二日便可到酒泉，届时要稍作休息痛痛快快地喝一回酒，毕竟到了酒泉，也就意味着回到朝廷和故乡的日子不远了。诗人的期待、欢欣和雀跃之情呼之欲出，极富感染力。

《出嘉峪关感赋四首·其一》

清·林则徐

严关百尺界天西，万里征人驻马蹄。
飞阁遥连秦树直，缭垣斜压陇云低。
天山巉削摩肩立，瀚海苍茫入望迷。
谁道崤函千古险，回看只见一丸泥。

界：接邻，毗连。

秦：今陕西一带。

巉（chán）削：险峻的样子。

崤函：崤山和函谷关的合称，这里主要指函谷关。

道光二十二年(1842年)，嘉峪关迎来了一位家喻户晓的民族英雄——林则徐。在此之前，林则徐作为清廷的钦差大臣，赴广东查禁鸦片，道光十九年(1839年)虎门销烟的壮举彰显了国威、振奋了民心，然而触动了英帝国主义在华利益，腐朽怯懦的清王朝畏惧侵略者船坚炮利，再加上投降派的诬陷，林则徐被革职查办，并贬往新疆伊犁。在前往戍地途中，林则徐经过嘉峪关，望着这座明朝时建立的长城雄关，不由得为之赞叹并感慨万千，于是写下了《出嘉峪关感赋》四首，这是其中的第一首。

诗歌首句以突兀峭拔之笔写出了嘉峪关的高峻，百尺雄关巍然耸立，毗连着西部广阔的长空大地，此等壮观景象令本该策马出关的诗人驻足流连，停马观望。嘉峪关关城中轴线上建有三座关楼，皆是三层重檐的结构，诗人向来路回望，只见关楼的飞檐翘角指向远处，仿佛与秦中地区的树木遥遥相接。随之视线回收，转向关城近处，与关城紧密相连并向南北伸展而去的就是万里长城，蜿蜒在峰峦叠嶂之中，远远望去，高处的城墙竟似盘亘在云层之上。

嘉峪关南倚祁连，北枕黑山，位于山谷中部狭窄逼仄之处，诗人朝南方的祁连雪山眺望，竟感觉嘉峪关同巍峨的祁连山并肩而立，其险要可想而知。西望而去，关城之外就是茫茫的戈壁滩，通向一望无际的塞漠荒原。嘉峪关凭山据险，扼河西走廊的咽喉之处，形成天然锁钥，关城雄壮威武，是万里长城上的最大关隘，也是我国规模最大的关隘，因此被誉为“天下第一雄关”。

诗人不由为之叹服——世人皆知函谷关的险要，然而与嘉峪关一比，不过是“一丸泥”罢了。“一丸泥”本是古人用来形容函谷关易守难攻，用一泥丸即可堵塞，从而形成坚固的防御屏障，这里反用其意，以函谷关的狭小来衬托嘉峪关的雄伟。

整首诗从上下、四方对嘉峪关进行了多视角、全方位的呈现，给人以身临其境之感，即便是从未到过嘉峪关的读者，在读罢本诗之后，也能在脑海中描绘出嘉峪关的概貌。诗人此时因坚决抵抗侵略而获罪，心怀报国壮志，却被贬往荒远塞外，然而诗中丝毫没有哀怨衰煞之气，不作牢骚抱怨之语，而是充溢着壮阔雄浑的浩然之气。“苟利国家生死以，岂因祸福避趋之”这样激励人心的诗句，也是林则徐在西行途中所作。

这首诗里的嘉峪关已不仅是单纯的审美对象，而且浸透着诗人宽广的胸襟和伟大的人格。

《左公柳》

清・杨昌浚

大将筹边未肯还，湖湘子弟满天山。
新栽杨柳三千里，引得春风度玉关。

大将：一作上相。

在嘉峪关关城闸门附近，有一棵三人合抱的古柳。同江南地区纤细的柳树不同，这棵古柳枝干遒劲，略显粗犷强悍，彰显着独属于沙漠的生命力，这就是著名的“左公柳”，传说是清末名臣左宗棠部下所植。

清朝同治五年（1866年），左宗棠被任命为陕甘总督，此后的十多年间，他为西北边防和民生做出了巨大的贡献。他曾视察嘉峪关，眼见因年久失修，关楼破败，边墙坍毁，痛心之余命人重修嘉峪关，并亲手书写“天下第一雄关”，刻牌匾悬挂于城楼之上。

当浩罕国军事头目阿古柏入侵南疆，沙皇俄国趁机占领伊犁，新疆大片土地面临着被瓜分的威胁，以李鸿章为代表的朝臣主张放弃新疆，左宗棠却力排众议，坚持收复新疆，并挂帅西征，亲赴前线抵抗侵略。为了表明保家卫国、视死如归的决心，64岁高龄的左宗棠抬棺出征，出嘉峪关远赴哈密。正是得益于这位老将奋不顾身、英勇无畏地南征北战，新疆大部分地区得以重新回到祖国的怀抱。

左宗棠在任期间还兴修了陕甘新大马路，并发动军民在道路两旁种植杨柳，他率先垂范，在繁忙的公务之余，手持铁锹，亲自挖坑种树，并制定了严格的法令，以保证树木的成活，后人称之为“左公柳”。光绪五年（1879年）春天，杨昌浚应诏赴甘肃办事，沿途见到杨柳青青、绿树成荫的大漠奇观，得知是同乡左宗棠所为，倍感震撼，于是写下了这首诗。

诗歌首两句赞扬左宗棠在西北边疆的功绩，左宗棠经营西北事务十多年，面对其他官员避之不及的恶劣环境和艰巨任务，却是“未肯还”，可见其恒心和决心。他不是为了增加自己的政治资本以谋求富贵，而是真正地为国为民，鞠躬尽瘁。一个“满”字写出了左宗棠率领的湘军声势浩大。

后两句巧妙化用前人的诗句，王之涣曾以“春风不度玉门关”来形容关外的荒凉萧索。这里诗人赞美左宗棠边疆种柳的壮举，从陕甘到新疆，那沿途三千里的杨柳，使得戈壁滩上的不毛之地迎来了盎然的春意。这一路的绿树浓荫，不仅能防风固沙，改善生态环境，为作战和粮草运输提供了保障，也为烈日炎炎下行军的将士们提供了休憩之所。

“左公柳”的意义不只在于物质层面，还象征着在逆境中不屈不挠的民族精神，在山河破碎、风雨飘摇的王朝末世，它不仅为新疆人民，也为整个中华民族带来了曙光和希望。

阳关

阳关，汉长城著名关隘，汉武帝开河西四郡时建立的两座关口之一，是中原与西域来往的重要关口，在今甘肃省敦煌市西南。按照中国“山南水北为阳”的说法，此关因在龙头山（今墩墩山）之南，又说位于玉门关南面，故得名阳关。

阳关位于中原和西域的分界地带，出了阳关，目之所见多是大漠戈壁，人烟稀少。因此唐代大诗人王维在送别友人去往安西时，情不自禁地悲叹：“劝君更尽一杯酒，西出阳关无故人。”

自从王维这首《送元二使安西》流传开来，阳关就成了离别的代名词，写到阳关的诗词里也多抒发相思怨别的情意。元代无名诗人在阳关思念家乡，他做了一场梦，梦中回到了家里，妻儿环绕，尽享天伦之乐，梦醒时却是“欲话无人，赋与黄沙衰草”，阳关见证了一个思乡人的心碎时刻。清代诗人多隆阿不怨阳关的荒凉，阳关也有青山明月，但毕竟“山幽非故里，月好是他乡”，一片赤诚的思乡情意尽情流露。

宋朝时，阳关地区被西夏政权占据，南宋诗人陆游在《看镜》一诗中抒发了对国土丧失的悲痛和无奈，“胡尘遮断阳关路，空听琵琶奏石州”。而后阳关丧失战略意义，再加上土地沙化，作为军事要地的阳关逐渐被废弃，但作为文化意义的阳关却始终活跃在诗文当中，为后人吟咏不已。

《送元二使安西》

唐·王维

渭城朝雨浥轻尘，客舍青青柳色新。
劝君更尽一杯酒，西出阳关无故人。

安西：唐代安西都护府的治所，在今新疆库车附近。
渭城：咸阳古城，在今陕西省西安市西北。

唐，渭城，驿馆里，清晨时分。

一场新雨刚过，润湿抚平了驿道边飞扬的车尘，空气中弥漫着淡淡的泥土芬芳。道旁的杨柳经过雨水的滋润，枝叶饱满，青翠欲滴，衬得那被冲洗过的馆舍越发明净。

如此良辰，该是令人心旷神怡的，然而对于王维和元二来说，却是别有一番滋味，因为他们彻底分别的时刻即将来临。

好友元二要去安西都护府任职，王维便从长安一路送他直到渭城。渭城距长安不足百里，现代交通发达的条件下，一个小时以内即可到达，然而在交通不便的古代，王维和元二需要费些时日才能赶到。王维不辞辛劳陪伴好友行至渭城，其情深义重已可见一斑。但送君千里，终须一别，于是在这个骤雨初霁的清晨，渭城客舍见证了一场流传千古的诂别。

珍重的话一路上已经说了千万遍，然而真正到了诀别的时候，千言万语涌上心头，却又不知该从何说起。唯有将所有的深情与不舍融入醇酒，推杯换盏间倾情流露。深长的情意化作酒意绵延心间，既然无法改变离别的结局，那便把握住这最后的相聚，喝他个天荒地老，喝他个一醉方休！纵然已是醉眼惺忪，却仍然手不释杯，不停地对朋友元二劝道：“来！再来一杯！”好像只要杯酒不停，最终的分别就不会到来，眼前的欢聚就能无限延长。

然而诗人早知离别的注定，放旷的酒态不过是对离愁的掩饰，他的心绪不由飘向了分别之后，元二终将走出渭城，走出阳关，走进荒凉的塞漠，奔赴遥远的安西。那里没有温润如酥的细雨，没有枝叶青青的杨柳，更没有像他这样的老朋友陪着一起纵酒畅饮，黄沙漠漠、荆棘丛生中，踽踽独行的元二该是多么孤独啊。对诗人而言又何尝不是如此？挚友离去，满目春光也黯然失色，经此一别，山长水阔，不知何时才能重逢把盏，余下无尽的落寞与思念。

这是一个平常的清晨里一次平常的话别，却成就了一首不平常的诗，诗人以浅淡朴素之语，道尽了人世间极普遍却又极诚挚的情意，千百年来打动了无数人的心灵。

阳关，这座建于汉武帝时的关隘，因位于玉门关南面而得名，同玉门关一起扼守西域南北两道，是丝绸之路南道的重要关卡。因为王维的吟咏，阳关从此声名大振，成为无数诗人心中离别的象征，后世将王维这首诗谱成乐曲，名为《阳关三叠》，流传甚广，感人至深。

《寄宇文判官》

唐·岑参

西行殊未已，东望何时还。
终日风与雪，连天沙复山。
二年领公事，两度过阳关。
相忆不可见，别来头已斑。

宇文判官：作者友人，时为安西四镇节度使高仙芝属下判官。

唐代诗人岑参出身于官宦世家，五岁读书，九岁能文，若非十岁时父亲去世家道中落，他的仕途应该顺遂得多。家世的衰落并未让岑参灰心丧气，反而更加激励了他的仕进之心，他勤学不辍，终于在天宝三年（744年）考中进士。

在唐代尚武风气的影响下，他与当朝许多士人有着同样的梦想，那就是建功于疆场乃至封侯拜相。所以当天宝八年（749年），他被委任为安西节度使高仙芝幕府中掌书记一职，有机会从军出塞时，他心中充溢的应当是理想蓝图即将展现的激动与期待。

然而世事难料，出塞入幕后的岑参身为军中文官，并未得到高仙芝的重视，沉沦下僚，郁郁不得志，建功立业的热情被现实的冷水浇灭，理想的光环和滤镜退去后，边塞便显出它可憎的一面。

随军西行，路途漫漫，整日里风沙弥漫，雨雪连天，目之所及尽是片片沙漠连着荒山。对于意气风发的将军而言，眼前这幅萧索荒寒的图景是实现壮志的沃土，但对于失意的诗人而言，却是令人黯然的伤心之地。这里的一切都在提醒他离家乡越来越远。

西行未定，他的思绪却已飘回了东方的故土，叹望着归期。思乡心切，然而归乡无望，心中的悲凉抑郁可想而知，更何况诗人出塞两年来，已是两度经过阳关。

阳关，这座位于甘肃敦煌沙洲上的古关隘，当其繁盛之时，关城内商旅云集，迁人墨客会聚，车水马龙，驼铃悠悠。但一出关城，便是大漠黄沙，人迹罕至，所以曾被视为中原和异域的分界，入关者喜，出关者悲。大诗人王维有“劝君更尽一杯酒，西出阳关无故人”之句，道尽了出关者的孤独与悲凉。

岑参同挚友宇文判官更是分隔两地，相忆而不相见。同朋友分离之后的种种愁思无人可说，又催生了许多白发，两度经过这阳关别离地，心中对友人的想念更甚，无法重逢，只好将满腔愁绪和思念化作诗句寄赠给挚友。

整首诗语言质朴，情感真挚，不难看出岑参对宇文判官的信任与深情，唯有知己，才会如此不设防，将自己理想的失落、漂泊的孤独、离乡的苦闷等种种不足为外人道的情愫尽数吐露。

《看镜二首·其一》

南宋·陆游

凋尽朱颜白尽头，神仙富贵两悠悠。
胡尘遮断阳关路，空听琵琶奏石州。

石州：唐边地六州之一，治所在离石（今山西吕梁市离石区），这里是舞曲名。

诗人陆游执着了一辈子的家国理想，终于还是没能等到，等来的只是早生华发。他望着镜子里白发苍苍的自己，回顾一生，心中悲凉之意弥漫开来。

陆游生于风雨飘摇的北宋灭亡之际，不满于国土被金人占领、南宋统治者偏安江南一隅的境况，少年时便立下“上马击狂胡，下马草军书”的志向。他曾因支持张浚北伐而获罪，也曾亲自到过南郑前线查探军情，然而孱弱无力的南宋朝廷撑不起他的满腔热血和英雄情怀，梦想失落的诗人只能在地方任上和农村乡野消磨一生，眨眼间，生命已经走到了尽头。到了行将就木的年纪，世人所孜孜以求的长生不老和名利富贵在陆游看来不过浮云尔尔。诗歌以揽镜所见起笔，写出了人生易逝的感慨。

首句连用两个“尽”字反复强调，尽显年华老去的沉郁悲凉。世俗名利淡去，根植于灵魂中的报国理想却分毫不减，他放不下的依然是失去的故土。思绪飘向了曾见证丝绸之路盛况的阳关古道。这里曾经驰骋过将军豪杰们的英雄梦想，汉代大将霍去病曾西出阳关讨伐匈奴，收复河西一带。这里也曾见证过高僧对信仰的艰苦追寻，东晋僧人法显曾西出阳关，历尽艰险，奔赴天竺，取回佛教经典，成为我国第一位海外取经求法的大师。

汉唐时期畅通无阻、沟通中原和西域的要道，如今却被西夏人占领，丧失了其军事和商业功能，昔日的辉煌被胡尘和黄沙湮灭。更令人悲哀的是，面对着国土的沦陷，诗人却有心无力，空叹奈何。年轻时他尚可为理想振臂呼号，希冀着能纵横疆场为国效力。而今他已老迈，精力衰退，纵然再有机会恐怕也有心无力，更何况统治者依然懦弱无能，歌舞不休。诗人只能听着富有边塞特色的石州曲，在那铿锵激昂、苍凉悲壮的琵琶声中，缅怀自己逝去的青春和理想。

整首诗语言流畅直率，感情深沉，注重炼字，后两句“断”字写出诗人的愤恨，“空”字写出诗人的悲凉和无奈。

《青门引·题古阳关》

元·无名氏

凭雁书迟，化蝶梦速，家遥夜永，翻然已到。
稚子欢呼，细君迎迓，拭去故袍尘帽。
问我假使万里封侯，何如归早。
归运且宜斟酌。
富贵功名，造求非道。
靖节田园，子真岩谷，好记古人真乐。
此言良可取，被驴嘶、恍然惊觉。
起来时，欲话无人，赋与黄沙衰草。

化蝶：指庄子梦中化为蝴蝶的故事。
归运：指顺时而至的天运。
靖节：指东晋诗人陶渊明。
子真：指西汉隐士郑朴。

他在阳关做了一场梦。

梦中，他回到了日思夜想的家乡，小儿女们欢呼着扑进他的怀里，妻子温柔地迎他入门，细细地为他拂去衣袍上的尘土，一切旅途的疲惫，在此刻仿佛尽数消散。耳边传来妻子殷切的低问："郎君啊，为何一定要去往那遥远的边关呢？纵然万里封侯，又哪里比得上早早归家，长伴家人左右呢？那些个权势富贵、功名利禄不过是繁华一梦，转眼成空，恐怕都不是生命的真道所在。你看那汉末的郑子真、东晋的陶渊明，远离纷扰，归隐田园，平淡却十分惬意，这才是人间至乐啊！"

早已厌倦漂泊和羁旅的他，被妻子情真意切的话深深打动，他无比贪恋此时家人团聚的美好和温暖，正欲开口应下妻子的恳求，一声尖锐的驴鸣声响起，眼前的一切如梦幻泡影，瞬间破灭成无数的碎片，随即消失不见。

他骤然醒来，茫然四顾，才意识到刚刚的一切都只是一场梦。此时他独自一人客居阳关，哪有什么妻儿相伴，心中的怅惘和失落无人诉说，眼前所见唯有黄沙和衰草，梦中的家乡尚在千里之外。

这首词的作者已经湮灭在历史中不为后人所知。他或许是被派去守边的将士，或许是去边塞幕府求功名的士子，又或许是去西域做生意的商人，奔波至阳关古城，萧条荒凉的边关景象令他的异域感越发浓重，思乡之情如浪潮般翻涌，难以遏制。

日有所思，夜有所梦，现实中难以实现的愿望，便通过梦境来实现。这首词最大的特点就是通过构建梦境同现实形成一种强烈的对比。现实中因千山万水阻隔而音信难到的家乡，在梦境中“翻然已到”。梦中妻儿在侧尽享天伦，回到现实却是孑然一身，“欲话无人”。梦中词人已有意留在家中过田园生活，回到现实却是人在遥远边关身不由己。

梦境越美好，词人越沉醉，醒来时面对着“黄沙衰草”，前路未知，归乡不得，心中的失落和孤独就越发浓烈。词人通过“先立后破”的手法和情境的巧妙设置，写出了理想和现实的矛盾，也写出了无数边关游子的乡愁，近千年之后，依然令人感同身受。

送同年张子白之官甘肃《破阵子·拟辛幼安壮词》

清·张惠言

路到阳关天尽，马过青海风轻。
夜泛蒲萄酬壮士，晓拨琵琶唱征声。
散衙新句成。

画角声中秋社，雕旟影里春耕。
高坐春烟三月静，归卧淞波半剪清。
休论身后名。

散衙：意为衙参已散，犹今之下班。

归卧：指辞官归乡。

旟：泛指旌旗。

身后：死后。

张惠言，清朝中期词人，为常州词派的开创者，著有《茗柯文编》。他的朋友张子白要去往甘肃任职，于是词人写下这首词为其送行。和以往同类之作不同，虽然朋友此行目的地是贫瘠的边塞地区，然而这首送别词丝毫没有悲凉愁苦之意，而是洋溢着一种豪迈旷达的情调，令人耳目一新。

词人起笔不落窠臼，不写别离的场景，直接将镜头对准朋友离开之后的场景——他快马加鞭在阳关大道上纵横驰骋，恍如走向天的尽头，微风轻拂中，身轻如燕地掠过青海湖畔。首两句精练概括友人赴边的过程，没有边塞旅途惯常刻画的荒凉和艰辛，只有轻快爽朗的心情。

紧接着，词人想象友人上任后的生活。唐代诗人王翰以诗句“葡萄美酒夜光杯，欲饮琵琶马上催”来描写边塞军营的宴乐，甘肃一带靠近西域，丝绸之路途经此地，戍边军士驻扎于此，想必届时友人在闲暇之余，可以和壮士们一起纵饮葡萄酒，畅听琵琶曲。对于擅长写诗的友人而言，这不同于中原的风土人情，正是吟诗作赋的好素材，公务之余写出佳句。词的上阕设想了友人在甘肃任上作诗饮酒的风雅生活，但友人此去毕竟有公务在身，是以下阕转向对友人政绩的期待。

下阕描绘了一幅极具边地特色的农业生产图景，在军营的画角声中和旗帜下，百姓春耕秋收，热闹地举办祭祀土地神的秋社活动。这是一幅民平政和的景象，百姓之所以能够专事生产，得益于安宁和平的边塞环境，没有战乱发生，从侧面衬托出友人作为地方官员治理有方，颇有政绩，让百姓能够安居乐业。

最后几句，词人设想友人在肃清边塞后，回到自己的家乡江苏，在吴淞江畔逍遥度日，过一种闲适恬淡的归隐生活，就像李白《侠客行》中“事了拂衣去，深藏功与名”的人生境界。

甘肃在当时因为位处边塞，环境荒凉，民穷官贫，士大夫们往往嫌弃和畏惧前往此地做官。当友人被派往甘肃任职时，词人并没有悲叹前路渺茫，也没有感伤离别，而是以一种豪迈乐观的人生态度，构想了友人赴边后的理想生活，给友人以期待和希望。

“休论身后名”劝诫友人不要太把功名利禄放在心中。整首词勉励朋友去体验和享受不同的人生经历，在其位，谋其政，去留无意，宠辱不惊，既是对友人人格的肯定，也寄托着自己功成身退的人生理想。

《阳关旅况》

清·多隆阿

廿日行殊倦，今宵漏倍长。
山幽非故里，月好是他乡。
烛影侵窗暗，泉声漱耳凉。
阶阴寒刺骨，不觉已霏霜。

廿：二十。

多隆阿，清朝中晚期诗人，作为名门之后，少年时便学识出众，但性情耿介，一生与官场少有缘分。他喜欢游历山河，足迹所到之处，多写诗纪行，这首《阳关旅况》就是他旅居阳关所作。诗人具体何时又因何事去到阳关，我们已不得而知，但透过诗歌，他当时的心境却依然历历在目。

诗人在抵达阳关前，已经连续奔波了二十多天，身心的疲惫都到达了一个临界点。宿在阳关旅舍中的他，听着更漏计时的水滴声，只觉得长夜漫漫，难以入眠。“殊”和“倍”两个程度词，突出强调了诗人羁旅的疲倦和内心的煎熬，奠定了全诗的情感基调。

坐立不安，辗转反侧，诗人只好出门排解忧愁，环望四野，幽阒的群山间挂着一轮清皎的明月。山景幽美，月色明亮，可再好的山景和月色又如何，终究不是自己的家乡。若是在家乡的如此良夜，亲朋相伴，他必然有赏月寻幽的兴致，如今孤身一人旅居阳关，只倍感孤独和凄凉。

更何况，月亮自古以来就是乡愁的催化剂，诗仙李白曾“举头望明月，低头思故乡”，诗圣杜甫也曾感慨“月是故乡明”。同在一片月光之下，却相望不相闻，怎不令人望月兴叹，愁思满怀。诗人久久地凝视着那轮月亮，思绪跟随月光飘回遥远的故乡，直到夜深人静，万籁俱寂。

颈联的视野由室外转向室内，诗人隔着窗户向屋内望去，映在窗纱上的烛火光影渐渐地暗淡下去，耳边传来山中叮咚的泉水之声，渐渐地泉水声仿佛化成一股凉意浸耳入心。水声是听觉，凉是感觉，这里运用了通感和联觉的手法，既写出周围环境的寒凉，也写出心境的悲凉。

烛火暗淡说明时光流逝，夜已深沉，诗人已经在门外伫立良久，一直没有入户休息，直到寒意刺骨，才恍然惊觉，入眼的台阶已经不知何时结上了一层寒霜，可见他已经完全地沉浸在乡愁和孤独之中，对外在景物的变化毫无知觉。通过借景抒情，以寒凉之景来烘托悲凉之心境，融情于景，情景交融，给人一种身临其境的审美体验。

此情此景，并非诗人个人的独特经历，而是曾经旅居阳关的无数游子共同的生命感受，是以令后世读者产生共鸣。

玉门关

玉门关，又称玉关，最早建于汉武帝时期。汉王朝为了抵御匈奴的威胁，在河西地区设四郡、置两关，玉门关便是两关之一。玉门关是陆上丝绸之路的交通要道，因西域和田的美玉经此输入中原而得名。

由于战乱和朝代更迭等原因，玉门关自西汉以来数次迁址，其具体位置学术界仍存在争议。现在通常把甘肃敦煌市西北90公里处俗称“小方盘城”的土堡作为汉玉门关的遗址。隋唐时，随着丝绸之路的兴盛，以及西去伊吾的道路开通，朝廷又在汉玉门关以东选择新址筑关，仍称为玉门关，即唐玉门关。安史之乱后，河西地区先后被吐蕃、回鹘、西夏等统治，唐玉门关的边防作用逐渐丧失。

因地处西北边陲，玉门关在古人心中往往是极其荒远的存在。南北朝诗人庾信在《寄王琳》一诗中，直抒胸臆，“玉关道路远，金陵信使疏”，借玉关之远写尽了流落异国的悲凉和无奈；唐代王之涣的《凉州词》耳熟能详，“羌笛何须怨杨柳，春风不度玉门关”，这首诗让玉门关的荒凉形象深入人心。

元代王恽的《点绛唇·送董彦才西上》一词则令人耳目一新，突破了对玉门关的刻板印象，“杨柳青青，玉门关外三千里”，他笔下的玉门关是生机盎然的，是大展宏图的所在。

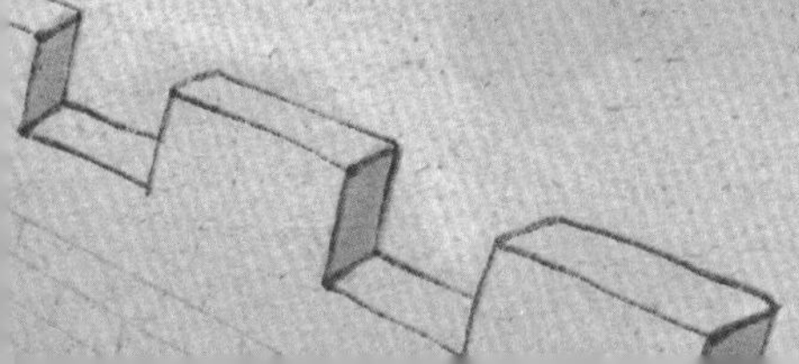

《寄王琳》

南朝梁·庾信

玉关道路远，金陵信使疏。
独下千行泪，开君万里书。

王琳：南北朝时期梁朝将领，庾信好友。
金陵：梁朝国都建康，今南京。
信使：指使者。

南北朝诗人庾信的一生，以承圣三年（554年）四月出使西魏为命运的分水岭。

前期他是梁朝宫廷文人中的一员，才华横溢，深受帝王礼遇，平步青云，扶摇直上。后来作为使者出使西魏，不久，西魏军攻陷南梁都城江陵，杀死梁元帝萧绎，梁朝从此沦为西魏的傀儡政权。庾信因而被扣留长安，终生未能南归，在时代和命运的洪流中，成了身不由己的异乡人。

后期他虽然受到西魏、北周朝廷重用，身居高位，但始终无法摆脱异域之感，心怀故国、眷然思归却不能。可想而知，当他收到梁朝故友王琳的来信时，心情何其复杂。王琳是庾信在南朝时的好友，曾是梁朝的名将，在梁朝灭亡后一直心系故国。这首诗就是庾信收到来信后写给王琳的回诗。

诗歌前两句“玉关”和“金陵”相对而出，突出自己身处的异域与南方故国距离之远。玉关，即玉门关，是汉代长城沿线的重要关隘。玉门关不仅是丝绸之路上的咽喉要道，也是中原与西域的分界，出了玉门关，就是茫茫戈壁。诗人庾信此时在西魏的都城长安，这里借玉门关比喻自己身处北朝，犹如远戍玉关，距离故国都城金陵和南朝的友人有万里之遥。

这两句既写出空间上异国与家乡的阻隔，同时也写出时间上与故国的人事久久隔绝。在这遥远又漫长的时空隔绝中，可以想见诗人的心路历程，必然是无数次祈盼和希望，终归于失望甚至绝望。因此我们很容易理解，为什么后两句诗人不是先读信而后流泪，而是书信未开就已泪流千行。因为这封信实在是来之不易，只是收到故国友人来信就足以牵动万千思绪，掀起情感的巨浪。

“千行泪”和“万里书”相对，采用了夸张的手法，同时又与上两句“道路远”“信使疏”相照应。“万里书”写出书信的弥足珍贵，“千行泪”表达诗人收到信后激动复杂的心情。

王琳曾是梁朝的名将，陈朝开国皇帝陈霸先废梁建陈后，王琳拒绝了新朝的高官厚禄，一心拥护梁室，在北齐支持下起兵抗陈，志在恢复，后兵败被杀，百姓听闻，莫不为其掩面哭泣。他的来信勾起诗人对过往情谊的追忆，对故国沦陷的哀思和家乡的眷恋，甚者还可能想到友人始终忠于梁而抗击陈，自己却只能苟全于异朝，生出羞愧之情。种种复杂的情绪诗人并未言明，而是都蕴藏在“千行泪”三个字中。

整首诗深沉含蓄，语短而情长，留给人无限的追问和想象。

《凉州词二首·其一》

唐·王之涣

黄河远上白云间，一片孤城万仞山。
羌笛何须怨杨柳，春风不度玉门关。

羌笛：传自西域羌族的一种管乐器。

仞：古代长度单位，八尺为一仞。

一千多年前，唐代一位叫王之涣的诗人行至玉门关外，凭着他的诗心慧眼，记录下当时的所见所闻，于是有了这首脍炙人口的《凉州词》。

诗人首先被流经塞外的黄河所吸引。这是中原人民的母亲河，望着这奔腾不息的生命之河，诗人不免心生好奇，它的源头从何而来？于是将视线转向河流涌来的方向，不断地朝上游延展，直至黄河随着地势升高仿佛没入白云之上，再寻不见。李白《将进酒》诗中有写黄河的名句“黄河之水天上来”，视角是由远及近、由上到下，写出黄河的波澜壮阔。王之涣这句“黄河远上白云间”则恰恰相反，是由近及远、由下到上，刻画出黄河的源远流长。

随着诗人的视线在尽头回转，再次将目光移至近处环望四周，望见的是一座孤零零的边关城堡，周围环绕着万仞高山，地势之险峻、环境之荒凉可想而知。这塞外孤城当然不是平民百姓的居所，更不是王公贵族的宅邸，而是戍边的城堡，暗示了诗中有征夫戍卒的存在，为后文书写征人之情埋下伏笔。

后两句写诗人听到塞上传出的羌笛之声，并由此引发思索和感慨，然而令人疑惑的是，羌笛怎么会“怨杨柳”呢？这里的“杨柳”一语双关，首先指的是名为《折杨柳》的曲调，这种曲调往往抒发的是离别相思之情，所以这笛声必然是哀怨惆怅的。其次，

《折杨柳》这一曲名也让人联想到现实的景物，古人有折柳送别的传统，但边塞地域荒寒，春天杨柳不发，戍边的将士们远离家乡和亲人，连凭借杨柳聊寄相思都不能，“怨”由此而生。

然而说“何须怨”，意即“不须怨”。难道诗人冷漠至极，竟对征夫戍卒的精神苦痛视而不见？最后一句“春风不度玉门关”揭示了心中所想，原来不是不能怨，而是怨错对象，怨而无用，连春风都吹不到玉门关，还期盼什么折杨柳呢？进一步渲染出玉门关的偏远、荒凉与严寒，流露出对戍边将士的同情与理解。

诗歌前两句写景，诗人有如一位高明的画师，徐徐绘出一幅壮阔的塞外画卷；后两句抒情，采用化虚为实、虚实相生的手法，借羌笛声抒发征夫戍卒幽怨的思乡之情。整首诗情景交融，熔铸成一种苍茫雄浑而又悲壮的意境。

《古从军行》

唐·李颀

白日登山望烽火，黄昏饮马傍交河。
行人刁斗风沙暗，公主琵琶幽怨多。
野营万里无城郭，雨雪纷纷连大漠。
胡雁哀鸣夜夜飞，胡儿眼泪双双落。
闻道玉门犹被遮，应将性命逐轻车。
年年战骨埋荒外，空见蒲桃入汉家。

行人：出征战士。

刁斗：军中铜制炊具，白日做饭，夜晚敲更。

公主琵琶：汉武帝时，江都王刘建之女刘细君被封为公主，奉命远嫁西域乌孙国，为解烦闷忧愁，沿途使人弹奏琵琶。

玉门：指玉门关。

轻车：汉代有轻车将军，这里泛指将帅。

蒲桃：今作"葡萄"。

作为边塞军事要地，玉门关见证了大大小小无数次征战，其中多有保家卫国的正义之战，但也不乏统治者好大喜功的私欲之战。李颀是盛唐时期诗人，擅写边塞诗，风格豪放，慷慨悲凉。这首《古从军行》从出征战士的角度，批判和反思了不义战争的代价与伤害。

首六句描写了士卒紧张且艰苦的从军生活，白天要登上高山窥探敌情，观望有无烽火的警报，黄昏时分又要来到交河喂马喝水，从“白日”到“黄昏”，忙碌无歇。到了夜晚本该放松休息的时刻，耳边却响起狂风漫卷、黄沙呼啸的声音，军中打更的刁斗之声因此更加低沉喑哑。不知何处又响起琵琶声，声声哀怨，催人泪下，令人难以成眠。更何况行军在外居无定所，只能在野外安营扎寨，在营房周围远远望去，不见任何城郭与人烟，“万里”使用夸张的手法突出边塞的荒凉。

边地苦寒，雨雪纷飞和大漠连成一片，苍茫又迷离，身处其中的士兵怎能不心生忧戚？但诗人并未直接抒发士兵们心中的苦闷与哀怨，而是借“胡雁”和“胡儿”来衬托士兵的心情。胡雁夜夜哀鸣，胡儿双双落泪，两者都是土生土长尚且如此，远戍来此的汉人士卒内心悲苦可想而知。这一句也可以看出诗人颇具人道主义精神，他不仅关心本朝士兵，而且同情胡地人民，隐晦地传达出这场战争的非正义性。

正因为如此，士兵们对这场战争的态度并不像卫国之战那样慷慨激昂，而是有厌战退避的心思，然而这是不为统治者允许的。“闻道玉门犹被遮”化用了汉代的典故，太初元年（公元前104年），汉武帝封李广利为贰师将军，命其率骑兵攻打大宛，以获取汗血宝马。因路途遥远，又多高山荒漠，所到之城皆闭不给食，久攻不下，士兵死伤逃亡者十之六七。在接连失利的情况下，李广利被迫撤兵，上书请求班师回朝。汉武帝闻之震怒，下令关闭玉门关，有敢退入关内者立即斩杀。

诗人为了避讳，名为说汉，实为喻唐，暗中讽刺了当朝统治者一意孤行，不知体恤边防战士。士兵们罢战不能，回乡无望，只能追随将领征战不休，最后的结局大多是“年年战骨埋荒外”，身首异处，埋骨黄沙。不断有士兵惨烈牺牲，换来的却只是西域的葡萄传入中原朝廷。

最后两句对比强烈，前者是无数士兵鲜活的生命，后者是满足享乐的葡萄，以牺牲前者的巨大代价，换取后者微不足道的利益，统治者的穷兵黩武、冷漠无情昭然若揭。

整首诗结构严密，一句紧接一句，层层深入，直到结尾点明主题，透出浓厚的讽刺意味。

《从军行七首·其四》

唐·王昌龄

青海长云暗雪山，孤城遥望玉门关。
黄沙百战穿金甲，不破楼兰终不还。

青海：指青海湖。

雪山：这里指甘肃的祁连山。

穿：磨破。

楼兰：西域古国名，诗中泛指当时侵扰西北边区的敌人。

王昌龄是盛唐时期著名的边塞诗人，他曾漫游于西北边塞，对边塞的环境和生活有着切身体会，这首《从军行》通过高度凝练的笔触，刻画出典型的边塞环境和昂扬奋发的战斗精神。

诗歌前两句写景，作者仿佛一位高明的摄影师，使用长镜头的拍摄手法，将西北边陲的典型景物一一呈现：浩渺无边的青海湖，遮天蔽日的阴云，绵延入云的祁连雪山，兀立孤守的边关城堡，遥远相望的玉门雄关。

这是一幅壮阔又苍茫的景象，首句的“暗”字意蕴深邃，层层叠叠翻滚涌动的阴云，竟使皑皑雪山也为之黯淡无光，营造出一种压抑低沉的氛围。这不仅是对现实环境的描写，同时也隐喻边关的战争形势，有一种“山雨欲来风满楼”的紧张和严峻。

正是在这种环境和氛围中，戍守边关的将士在孤城之上眺望着遥远的玉门关。然而从实际位置来看，玉门关与青海湖相距千里，所以这里并非实景而是虚写。为什么要去眺望并不在视野范围内的玉门关呢？自从西汉建关以来，玉门关经过历史的演绎和文学的雕琢，早已不仅仅是一座冰冷的军事据点，而是被赋予了丰富的文化意义和情感内涵。

东汉定远侯班超镇守西域三十余年，年老思归，向皇帝上书“臣不敢望到酒泉郡，但愿生入玉门关”，玉门关作为中原和西域的分界，往往被视为离家去国的“国门”。对于远征的将士而言，当他们踏入玉门关的那一刻，就意味着回到了故乡，或者说是精神的故乡。因此这里的玉门关承载着将士们思念家乡、渴望回归故里的深情。

然而一“孤”一“遥”已经注定这只是一场空望，苍茫辽阔的边塞环境中不免有了一丝悲凉的况味。虽然悲凉，但并不会让人觉得哀戚，因为这种乡情借助于“遥望”这一动作来呈现，内敛而又克制。

对于将士们而言，他们肩负着保家卫国的重任，无国则无家，所以诗歌后两句直抒胸臆，表达出将士们征战沙场、奋勇卫国的豪情壮志。“黄沙”突出西北战场的特点，“百战”以至于金属铠甲都磨破了，说明战事既频繁持久又激烈艰苦。尽管如此，将士们并没有被消磨斗志，而是更加坚定了报国凯旋的信心与决心。

“黄沙百战穿金甲，不破楼兰终不还”两句掷地有声，以横扫千军之势，一扫前句的压抑和悲凉，犹如一道璀璨夺目的金光，久久照耀在盛唐边塞的上空。

《关山月》

唐·李白

明月出天山，苍茫云海间。
长风几万里，吹度玉门关。
汉下白登道，胡窥青海湾。
由来征战地，不见有人还。
戍客望边邑，思归多苦颜。
高楼当此夜，叹息未应闲。

天山：今祁连山，位于甘肃省西北部。一说指新疆境内天山。
白登：山名，在今山西大同市东。
胡：指吐蕃，今西藏。
青海：即青海湖。

《关山月》本属于乐府旧题，内容多书写边塞士兵久戍不归的思乡之情，李白这首诗延续了传统的主题，关注唐代社会现实，表现战争给人民带来的苦难，但诗中恢宏的气度、瑰丽的想象、飘逸的情思，却是独属于诗仙李白的。

诗歌一开篇以“关”“山”“月”三种意象绘出一幅边塞图景：雄奇峻峭的天山巍然耸立在边关塞漠，山峦之上笼罩着大片大片的云雾，翻腾涌动，蔚然成海，一轮皎洁清冷的明月从高山之巅、云海之中冉冉升起；西北荒野的遒劲长风，吹过辽阔的绝域大漠，吹过月光下的万水千山，浩浩荡荡，一直吹到士兵戍守的玉门关。前四句通过极其简洁精练的语言，营造出边塞雄浑、壮阔又苍茫的意境。诗人的视野从“天山”延伸到“玉门关”，“几万里”的夸张渲染使得场域更加辽阔，几乎涵盖了整个西北边陲。

自古以来，这片土地就不平静，是中原汉族与边疆游牧民族战争频发之所，所以接下来诗人贯通古今，由历史写到现实。汉朝时，与匈奴有“白登之战”，到了唐代，又与吐蕃在青海一带连年交战。不过历史上边塞一带发生的战争数不胜数，诗人何以独独选取汉代的白登之战来举例呢？其实唐代的诗人往往喜欢借汉喻唐，这里也有深意。

汉代“白登之战”的起因是韩王信在大同地区叛乱，投降于匈奴，并联合匈奴，企图攻打太原，汉高祖刘邦亲自率领三十万大军迎击匈奴，所以这场战争是出于自卫的正义战争。后因刘邦轻敌冒进，中了匈奴诱兵之计，被困于平城白登山七天七夜，损失惨重，最后通过向单于阏氏送予厚礼，才得以脱围。

从“胡窥青海湾”中的“窥”字可以看出，吐蕃军队伺机而动，企图发动不义的掠夺性战争。诗人暗示唐代统治者，像刘邦那样轻率冒进是不可取的。战争伴随着无数的流血和牺牲，对于统治者而言只是一场战事的失利，但对于士兵而言，失去的可能是生命。这就是“由来征战地，不见有人还”，语义略有夸张，但生动揭示出战争的残酷与惨烈。

后文由宏大叙事转入具体的征夫思妇形象，一面是戍边的征夫，遥望着故乡的方向，年年思归而不可得；一面是独守空闺的思妇，在高楼上盼望着丈夫归来，叹息不休。值此明月之夜，两地相望而不相见，情景交融，互相映衬，相思之情尽在不言之中。

《王昭君二首·其一》

唐·李白

汉家秦地月，流影照明妃。
一上玉关道，天涯去不归。
汉月还从东海出，明妃西嫁无来日。
燕支长寒雪作花，蛾眉憔悴没胡沙。
生乏黄金枉图画，死留青冢使人嗟。

秦地：指原秦国所辖的地域，此处指长安。
燕支：燕支山，在今甘肃境内，这里代指匈奴境内大山。
青冢：指昭君墓，在今内蒙古呼和浩特市。据说其墓上草色常青，故名“青冢”。

除了战争，和亲也是封建王朝安边远交的一项重要策略。历朝历代以来，被送往边塞和亲的公主不计其数，但没有一位像昭君这般家喻户晓，集荣耀与悲情于一身，引发无数文人为其谱写动人诗章。李白这首《王昭君》便是其中之一。

诗歌开头通过“月”这一意象烘托昭君出塞的悲凉氛围，诗人没有说这月是普天共有之月，而是强调“汉家秦地”之月，说明昭君还在中原故土尚未离去，那月光洒落在昭君身上，缠绵流连，昭君想必此时也是对月叹望，徘徊眷恋，月不舍人，人不舍月。

然而诀别终将来临，一旦昭君踏出玉门关，走上通往西域的玉关道，此后便真的是离乡去国。更何况昭君此行，不像出征的将士尚有回归故里的希望，她背负和亲使命嫁与匈奴单于，一出塞便意味着与故乡永别。诗人以“月”作比，进一步渲染了悠悠别情，月亮落下去还会再次从海上升起，昭君此次出嫁却再也没有归乡之日。

西汉竟宁元年（公元前33年），昭君嫁与南匈奴首领呼韩邪，两年后呼韩邪去世，按照游牧民族的收继婚制，昭君要再嫁与自己的继子。在中原礼教熏陶下长大的昭君当然难以接受，她向汉廷上书请归，汉成帝却命其“从胡俗”，于是昭君只能再嫁呼韩邪单于长子复株累单于，直至香消玉殒，再也没能回归中原故里。

“燕支”两句用高度凝练的语言书写了昭君出塞后的景况，诗人不是通过描述其经历事迹，而是着重通过环境描写，渲染了其惨淡的命运。胡地山川常年酷寒，大雪纷飞，终日所见皆是衰草连天、黄沙漫漫。诗人想象着明艳动人的昭君，身处如此恶劣的环境，容颜一天天憔悴枯槁下去，直到年华老去埋骨黄沙，徒留一座青冢令后人叹惋。而造成昭君命运悲剧的原因，诗人认为是“生乏黄金枉图画”。

相传昭君还是掖庭待诏的宫女时，其余宫人争相贿赂画师毛延寿，独昭君不肯，因而被丑化形象，入宫多年，未得皇帝召见。后匈奴呼韩邪单于来朝求亲，汉元帝赐予他五位宫女，昭君主动请求入列。辞别大会上，昭君光彩动人，惊艳四座，元帝心动不已，想要留下她，然而身为皇帝难以失信于匈奴首领，于是只好忍痛割爱，将昭君嫁入匈奴。

对于昭君和亲一事，自古以来众说纷纭，称颂者、同情者皆有之。从国家的角度来说，昭君出塞发展和巩固了汉族与匈奴之间的和平友好关系，有利于边塞的安宁。但回归到个人，背井离乡、语言不通、文化隔阂，每一种都是昭君生命中不能承受之重。

李白这首诗抛却了昭君身上的重大历史意义，着眼于书写昭君个人命运的悲剧性，并对昭君不同流俗、正直不阿的人格给予了肯定和赞扬，末句流露出一种生不逢时、造化弄人的悲愤。

《点绛唇·送董彦才西上》

元·王恽

杨柳青青，玉门关外三千里。
秦山渭水，未是消魂地。

坦卧东床，恐减风云气，功名际。
愿君著意，莫揾春闺泪。

秦山：秦地之山。
渭水：黄河支流。
春闺：女子的闺房。

北宋时期，从西夏控制整个河西走廊后，玉门关逐渐在史籍中湮没无闻，其军事价值和经济价值不再，然而作为一种文化符号和情感记忆，玉门关这一意象在后人的诗文中被反复吟咏，历久弥新。与以往诗歌中侧重玉门关的悲凉底色不同，王恽这首词作中的玉门关洋溢着一种乐观积极的氛围，令人耳目一新。

这是一首送别词，词人王恽的朋友董彦才要去往玉门关外的边塞，于是词人写下这首词为其送别。

王恽，字仲谋，号秋涧，是金末元初学者、诗人兼政治家，其诗文在当时独树一帜，著有《秋涧先生全集》。

提起玉门关，很多人脑海中首先浮现的就是唐代诗人王之涣的名句“羌笛何须怨杨柳，春风不度玉门关”，此诗流传开来以后，玉门关荒远绝域的形象更加深入人心。

然而王恽无意于老生常谈，而是别开生面，说那玉门关外三千里都是杨柳青青。这里并非诗人眼前所见的实景，而是心中向往的虚景，他想象着朋友所到之地都是一派春意盎然的景象。对于朋友此行，王恽不愿作“执手相看泪眼，竟无语凝噎”的悲戚之态，因为别人眼中的不归路英雄冢，令人黯然神伤的秦山渭水，在他看来却是实现抱负、建功立业的大好疆域。词的上阕起笔不凡，奠定了一种昂扬向上的感情基调。

下阕引用了“王羲之东床坦腹”的典故。东晋时位高权重的太傅郗鉴想为爱女择婿，将目光投向了久负盛名的琅琊王氏，于是写信给当时的丞相王导，王导欣然同意，让其自往东厢挑选。王家儿郎俱是人中龙凤，品貌俱佳，平日里宠辱不惊，但听说太傅选婿，还是不免精心装扮了一番，正襟危坐，以期给太傅留下好印象。只有一人敞衣露怀躺卧在东床上，旁若无人地吃着胡饼，对太傅择婿一事毫不在意。此人便是著名书法家王羲之，其豁达洒脱的胸襟素来为人所称道，也因此被太傅郗鉴所器重，择为佳婿。

但词人这里却是反用其义，认为王羲之东床坦腹的行为缺乏进取精神和英雄气概，非有志之士所为，进一步劝勉朋友要把握机会，有所作为，莫要流连儿女情长。

读书笔记

读书笔记

读书笔记

读书笔记